OLAF CLASEN

CÔTE D'AZUR KRIMI

250 MILLIONEN

Geiselnahme im Paradies

OLAF CLASEN

CÔTE D'AZUR KRIMI

250 Millionen

Geiselnahme im Paradies

Biografische Informationen der deutschen Nationalbibliothek. Die Deutsche Nationalbibliothek Verzeichnet diese Publikation in der Deutschen Nationalbiografie.
Detaillierte biografische Daten Sind im Internet überdnb.dnb.de abrufbar.

50672 Köln
olafclasen@web.de
www.odecologne.eu

Digitale Umsetzung des Covers:
Mihail Todorov
Nonverbal/bildkommunikation 2022

Herstellung und Verlag:
BoD - Books on Demand, Norderstedt
ISBN: 9783756203925

VORWORT

Dieses Buch musste geschrieben werden. Dann habe ich es eben getan.

Sie werden bemerken, dass im Mittelpunkt nicht die Handlung steht. Es geht mir überwiegend um die legendäre *Côte d'Azur*.

Seitdem ich einmal 12 Jahre am Stück in Nizza gelebt habe, kehre ich immer wieder dorthin zurück. Auch während ich in New York oder Köln wohnte, blieb die Verbindung zur Côte d'Azur eng. Ein wunderbares Fleckchen Erde, mit einem besonderen Licht, das immer wieder besondere Menschen angelockt hat. Ich denke nur an die Giganten der neuen Kunst seit Paul Cezanne Mitte des 19. Jahrhunderts und darüber hinaus. Ein Fleckchen Erde, auf dem alles, das Mögliche, wie das Unmögliche, möglich ist. Feste, wie es sie sonst nirgendwo gibt. Verbrechen, die völlig aus der Reihe tanzen. Die Verwobenheit von Kunst und Gesellschaft. Ein Museum, in einem stinknormalen Wohngebäude (*Terra Amata*). Ich war mir bei Beginn des Schreibens selbst nicht klar, wie die Heldin Gladys diese Geiselnahme aufklären könnte. Die Lösung hat mich selbst überrascht. Vielleicht auch Sie?

Im Juli 2022 *Olaf Clasen*

1
MONDSCHEIN

3Uhr morgens. Das Wasser in der Bucht von *Villefranche sur mer* so glatt, wie frisch gebügelt.
Nein, der gerade Streifen des Mondreflexes auf dem Spiegel hatte eine wackelige Stelle. Gladys stellte ihr Rasterfernrohr scharf. Ihr Haus war der ideale Beobachtungsposten.

2
POLIZEIARBEIT

Tatsächlich, ein Boot ohne Positionslichter pflügte eine Bugwelle.
Um 3 Uhr morgens?
Auch wenn sie nicht arbeitete blieb Gladys Gehirn auf Lauerstellung. Einmal Polizistin, immer Polizistin.
Gladys arbeitete viel und schlief wenig. Aus ihrer Sicht führte sie das ideale Leben. Warum Zeit vergeuden? So lange sie ausreichend schlief, um tagsüber fit für Arbeit und Vergnügen zu sein, war alles top.
Sie fuhr die Extension ihres Fernrohrs aus und fokussierte auf die schwarze Riva. Eine Sightseeing-Tour mitten in der Nacht? Gut, dies war eine Region der Exzentriker, in der fast alles möglich war. Trotzdem: was sieht man von der Schönheit dieser außergewöhnlichen Bucht in tiefschwarzer Nacht? Das müssten Verrückte sein. Fischer in einem schnittigen Luxusboot? Exzentrische Millionäre, die Hobby-Fischer spielten? *Ach was, wird schon eine einfache Erklärung geben.*
Gladys Spürsinn siegte doch.
Fokus nochmal nachjustieren:

4 Männer ganz in Schwarz mit schwarzen Masken überm Gesicht. Was lag auf der, sonst leeren,

Rückbank? Fokus! Tatsächlich ein paar Kalaschnikows. Wild durcheinander.
Terroristen? Übers Meer aus Libyen? Tunesien, Marokko? Von Osten aus Italien? Den beiden, immer verdächtigen, Inseln Korsika und Sardinien?

3
TRAUMHAUS

Gladys bewohnte dieses Traumhaus allein. Viel zu viel Platz für eine alleinstehende Frau. Aber eine Erbschaft, die sie nicht hatte ausschlagen können. Ihr wohlhabender Vater und sein Architekt hatten sich diesen kompromisslosen Traum erfüllt. Klare puristische Linien, schnörkellos, kein Bauhausstil, sondern frühes 21. Jahrhundert. Riesige Fensterflächen zum Meer. Bis zu 6 Meter hoch. Das Haus stand auf einem Hügel auf dem Hügel Das Adlernest zur Beobachtung des Golfs von Villefranche.
Als ihr Vater es entwerfen und dann bauen ließ, hatte Gladys dieses Haus für eine Verrücktheit gehalten. Jetzt war sie ihm dankbar, dass er an nichts gespart hatte. Alles war vom Feinsten: der Schnitt der Räume, die elegant ineinander übergingen. Mal 4, mal 6 Meter hoch. Sie gaben der Bewohnerin das Gefühl von Raum und Großzügigkeit. Sie Klimaanlage war reversibel, sie heizte im Winter und kühlte im Sommer. Auch die kleinsten Details hatten Stil, Türklinken Wasserhähne, Steckdosen, Leuchten. Nur das Beste war für Gladys Vater gut genug gewesen. Dies hätte die Villa eines prominenten Millionärs sein können.

Aber nein, hier hauste eine alleinstehende Polizistin. Die riesigen Fensterflächen waren doppelt verglast. Sie hielten die Sonnenhitze im Sommer draußen und die Wärme der Heizung im Winter drinnen. Außerdem waren sie UV beschichtet, was die schädlichen Anteile der Sonnenbestrahlung herausfilterte. Traumhaus für alle, die Gladys besuchten und für sie selbst eine Wohlfühloase. Die Fensterflächen zur Poolebene fuhren in voller Breite auf. Um den Pool herum ein Deck aus geöltem Teakholz. Gladys liebte das Gefühl, gleichzeitig drinnen und draußen zu leben.
Das Haus war nicht nur eine ideale Behausung. Gleichzeitig war es der Schrein für die hervorragende Kunstsammlung, die ihr Vater ihr hinterlassen hatte. Avantgardistische Kunst war nicht nur ihres Vaters Hobby gewesen, sondern auch sein Beruf. Der Vater war ein erfolgreicher Kunsthändler gewesen mit Galerien in New York City und Nizza. Einige der Stars der *École der Nice* hatte er zum ersten Mal in die USA gebracht. Die großen Sammler dort bestimmten die Preise auf dem Weltmarkt. Während der Ausstellungen in der eigenen Galerie hatte der Vater auch für die eigene Sammlung eingekauft. Manchmal auch, um mit den roten Pünktchen die Kauflust der anderen zu stimulieren.
Die hohen Räume, zum Teil bis 6 Meter hoch, mit ihren glatten weißen Wänden hätten klinisch kalt sein können ohne die wunderbaren Werke, die sie

trugen. Absolut hervorragend war der große Max Charvolen, der den Salon dominierte. Und auch die beiden horizontalen „Sniper“ von Noel Dolla und sein quadratisches „Plis et Replis“ im Esszimmer. Genau in der geografischen Mitte des Salons stand auf seinem schlanken Stahlstift ein blaugefärbter Schwamm von Yves Klein. Arman hatte eine schöne „Akkumulation“ beigesteuert und Sosno einen gelochten Klassiker. Auf der Poolebene zwei hervorragende Skulpturen:
Frantas „Afrikaner“ in Bronze, nahe den Büschen des Gartens. Dann ein *Matera Sassi Stone People* mit uneingeschränktem Blick hinaus aufs legendäre Meer, zusammen gesetzt von dem deutschen Aktionskünstler H.A. Schult. aus den Steinen des ältesten Steinbruchs der Menschheit in Matera in Süditalien. Hier prallten 9. Jahrtausend vor Chr. und 21. Jahrhundert nach aufeinander. Pure Magie.

4
DIE BUCHT

Das Wasser im Golf von Villefranche gehört zum legendären Mittelmeer. Alle hatten es befahren, im Laufe der Jahrtausende. Die ägyptischen Pharaonen reisten auf ihren Sonnenbarken, Odysseus hatte es bis in die letzte Bucht besegelt, Hannibal, der große Seefahrer. Phönizier, Griechen und Römer hatten sich epische Schlachten geliefert, die Karthager hatten das römische Reich vielfach an den Rand des Untergangs getrieben. Überbleibsel aus allen Epochen gab es rund um das riesige Wasserbecken.
Am Wunderbarsten strahlte das Wasser in seiner besonderen Türkisfarbe, die der *Côte d'Azur* ihren Namen geschenkt hatte.

Nachts strahlte nichts. Da war auch dieses besondere Meer schwarz, wie es sich für jedes Meer gehört. Mondreflexe ja, vorhersehbar je nach Mondfülle und Standpunkt des Betrachters.

Die Bucht von Villefranche war von 2 Landzungen eingefasst. Der langgezogene Hügel mit dem Kai, den Restaurants und Geschäften, den Wohnhäusern, die in Sommerfarben strahlten. Weit vorn an der Landzunge die grauen Überbleibsel der Zitadelle aus dem 16. Jahrhundert. Weiter oben an den Hängen die Luxusvillen in ihren üppigen Gärten. Die weiche Kurve der Bucht endete in einem schönen Sandstrand. Auf der gegenüberliegenden Seite streckte sich das Cap Ferrat mit den Villen der superreichen Prominenz.
Sie war in diese gesegnete Landschaft hineingeboren worden. Gladys genoss die endlosen Sommer und die Übergangszeiten mit ihren changierenden Farben.

5
GLADYS

Gladys hatte schmale Hüften und gerade Schultern. Der Körper einer Athletin. Das rote Haar fiel ihr in lockeren Kaskaden bis auf die Schultern. Die grünen Augen blitzten, wenn die Sonne schien und wurden sehr dunkel, wenn Gladys wütend wurde.
Sie ging noch unter die Dusche, bevor sie sich schlafen legte. Die Klimaanlage war auf eine gleichmäßige Temperatur tags und nachts eingestellt.
Wenn Gladys einen Raum betrat, fiel sie zuerst durch ihre Schönheit auf. Der stählerne Charakter in der schönen Hülle war nur ihren Kollegen, den Vorgesetzten und den Verbrechern, die sie hinter Gitter gebracht hatte, bekannt.
Gladys war randvoll gefüllt mit Rationalität, das brachte schon ihr gefährlicher Beruf mit sich, und doch konnte sie sich dem legendären Charme ihrer Heimatstadt Villefranche sur mer nicht entziehen. Sie liebte diese Stadt und wo immer auf der Welt sie sich gerade aufhielt, sehnte sie sich zurück.
Dieser Ort verdankte seinen mythischen Charme zuerst der wundervollen Bucht in der er gelegen war. Hier wetteiferten Himmel und Meer um das schönere Blau. Das Klima favorisierte eine üppige Vegetation.

Hier gedieh alles besser. Auch ein besonders freundlicher Menschenschlag entwickelte sich über die Jahrtausende der Besiedlung.
Unten an Quai und Hafen quirlte das farbige südländische Leben. Die gut erhaltenen Überreste der Zitadelle *Saint Elme,* aus dem 16. Jahrhundert, zieren immer noch die Spitze der Landzunge. Auf den Hügeln, im Halbkreis um die Bucht, standen die Prachtvillen derer, die es sich leisten konnten dort zu leben.
Im 20. Jahrhundert wurde die Stadt zum Treffpunkt der kulturellen Elite. Villefranche zog Künstler an, wie Jean Cocteau und Jean Marais. Cocteau malte die Fischer Kapelle am Hafen aus. Picasso, Henri Matisse, Fernand Leger, ebenso wie Brigitte Bardot und Charlie Chaplin kamen zum Essen in das berühmte Restaurant am Quai.
Irgendein Dichter hatte gesagt Villefranche sei die Quintessenz der Côte d'Azur.

6
COMMISSARIAT *CENTRAL*

Das Telefon riss Gladys aus dem Tiefschlaf.

Louis Renaud, ihr Chef:
„Tut mir leid. Muss aber sein. Ich brauche euch alle um 9:30 im Kommissariat. Extrem wichtige Sache. Sei bitte hellwach."
„D'accord, Louis. Guten Morgen wünschen wir uns später."
Das Meer war nicht mehr schwarz am frühen Morgen. Als die Sonne langsam über den Horizont, hinter dem Felsen von Eze kroch schimmerte es zuerst silbern, dann setzte sich, sehr langsam die blaue Farbe durch. Bis es strahlte unter der Sonne, am immer blauen Himmel. Ein „gesegnetes" Klima? Das glaubten die religiös angehauchten Menschen. Ein besonderes, ja, auf jeden Fall. Vor ihrem Schlafzimmer hatte Gladys eine kleine private Terrasse. Dort trank sie ihren ersten Morgenkaffee. Beobachtungsposten auch hier. Ihr Blick schweifte von Eze über die Bucht von Beaulieu und die langgestreckte Halbinsel des Cap Ferrat auf das blaue Wasser der Bucht von Villefranche. Und dann nach rechts: die langgezogene Baie des Anges von Nizza, dahinter waren Antibes und Cannes. Der Horizont wurde begrenzt durch die roten Berge des Esterel. Dort sah Gladys abends die Sonne untergehen, wenn das Meer sich vergoldete.

Aber jetzt war morgens, hell, freundlich, silbrig und türkis.
Duschen, anziehen. Leichtes Oberteil, String, Helle Leinenhose. Gladys mochte die frische Kühle des Leinens, die ihre langen Schenkel umspielte. BH? Wer trägt einen BH bei der Hitze, die man erwarten konnte?
Angenehme kurze Fahrt über die *Basse Corniche* in die Innenstadt von Nizza. Gladys freute sich immer wieder an der Schönheit der Perle der Côte d'Azur. Die vielen gut erhaltenen Gebäude aus der *Belle Époque* harmonierten mit dem neuen Teil der Großstadt. Alle architektonischen Details wurden durch das klare Sonnenlicht gut zur Geltung gebracht. Dass der Autoverkehr weitgehend aus der Stadt herausgehalten wurde, seit es die neue Tram gab, machte alles nur noch besser.
Im *Commissariat Central, av. du Maréchal Foch* in Nizza gabs keine Parkprobleme. Jeder Mitarbeiter hatte seinen reservierten Standplatz. Schließlich musste die Eingreiftruppe rasant schnell abfahren und ankommen können.
Im Büro des Chefs waren alle versammelt:
Louis, der Boss. Er war im Dienst für die Gerechtigkeit ergraut. Noch sah man ihm an, dass er in jungen Jahren Boxer gewesen war. Sein Gesicht war eckig mit eingebeulter Nase und abstehenden Blumenkohlohren. Der Körper massiv und athletisch. Er bewegte sich, als könne er vor überschüssiger Kraft nicht gehen Auch wenn Louis

nicht immer Recht hatte, setzte er sich doch meist durch.
Albert, mit den zu langen Haaren, hatte einige Semester Psychologie studiert. Das war kein Handicap, sondern sein Vorteil. Er wurde meist als Profiler eingesetzt. Er schlüpfte in die Psyche des Gegners.
Gilbert, in allen Kampfsportarten der Größte, schoss so schnell, als sei seine Pistole doppelläufig.
Aldo, aus dem nahegelegenen San Remo, war Praktikant. Seine Cesaren Locken und eine ebensolche Nase, beeindruckten die jungen Mädchen an der Côte d'Azur. Aldo fand sich selbst witzig. Er nahm das Leben nicht so ernst. Die Kollegen hofften, dass sie trotzdem einen brauchbaren Polizisten aus ihm machen könnten.

Gladys nahm keine Sonderstellung ein, obwohl sie die einzige Frau war. Sie wurde weder zum Kaffee kochen abgestellt, noch zum Akten ablegen.
Gladys hatte sich den Respekt der Kollegen erworben. Nach ihrem Studium in Paris war sie ein paar Jahre zu Scotland Yard gegangen, von dort zum FBI nach New York City.
Ihre Auslandserfahrungen hatten ihr geholfen den Mafiasumpf in Marseille auszutrocknen. *Die Sizilianer* war Gladys Sieg. Ihre Erfolge in der Hafen-Großstadt waren von den Medien lautstark begleitet worden. Von Marseille nach Nizza war es ein richtiger Schritt. Es passte alles zusammen: sie

bekam den Job als rechte Hand von Louis Renaud, sie erbte das Haus in Villefranche s/mer. Die 15 bis 20 Minuten, um morgens ins Büro zu kommen, waren ein Kinderspiel. Gladys fasste schnell Fuß an der *Baie des Anges.*
Ein solcher Beruf ließ kein beschauliches Eheleben zu. Also blieb es bei wechselnden Männerbekanntschaften. Sie glaubte sowieso nicht an den Einen für „Immer und ewig". Es musste ja nicht jedes Mal die ganz große Liebe sein. Unregelmäßige Arbeitszeiten und lebensgefährliche Einsätze ließen keine Beschaulichkeit zu. Selbst für Haustiere blieb kein Platz in ihrem hektischen Leben.

Louis Renaud eröffnete die Konferenz auf seine informelle Art:
„Herrschaften, Ruhe bitte. Ich brauche eure Aufmerksamkeit. Der Präfekt hat mich in aller Frühe herausgeklingelt.
Es geht um unseren guten Ruf. Ihr kennt die Villa *„Sun Palace" nahe der* Villa *Rothschild* auf dem Cap Ferrat. Dort residiert seit 3 ½ Jahren der russische Oligarch Igor Popov der Milliardär. Er hat sich in seiner Festung eingeigelt. Trotz aller Security wurde diese Nacht seine Tochter Anastasia entführt.

Eine Katastrophe, nicht nur für die Familie, auch für uns.
Unsere schöne Region lebt vom Tourismus. Die Menschen, die zu uns kommen, wollen die schönen

Landschaften und das herrliche Klima genießen. Außerdem freuen sie sich darüber, dass es hier so viele kulturelle Anreize gibt. Aber vor Allem wollen sich hier in Sicherheit fühlen. Die Schönen und Reichen bekommen Falten, wenn sie Angst haben müssen. Von diesem Verbrechen darf nichts an die an die Öffentlichkeit dringen.
Wir müssen Anastasia wiederfinden, das hat oberste Priorität. Das muss absolut lautlos geschehen, ohne Wellen zu machen. Bisher ahnen die Medien nichts von dieser Katastrophe. So muss es bleiben.
Der Präfekt besteht darauf, dass ein Teppich der Lautlosigkeit über diese Affäre gebreitet wird."
Renaud blätterte seine Papiere um:
„Hier ist, für jeden von euch, ein Foto des Mädchens und ihre Beschreibung. Größe, Gewicht, spezifische Merkmale. Lernt das alles auswendig und tragt trotzdem die Papiere bei euch. Ständig".

7

VATER-TOCHTER

Igor Popov hatte, bereits vor vielen Jahren, seine Frau an den Krebs verloren. Jetzt blieb ihm die Tochter Anastasia. Sie war sein Ein und Alles. Igor hütete sie, buchstäblich, wie seinen Augapfel. Das Mädchen sollte, nach einer behüteten Kindheit eine absolut sorgenfreie Jugend erleben und gleichzeitig auf ein großartiges Leben vorbereitet werden. Es durfte ihr nichts passieren.

Für Anastasia war diese Fürsorge zu viel. Sie wurde in Watte gepackt. Wünsche wurden ihr von den Augen gelesen, noch bevor sie die überhaupt gedacht hatte. Anastasia fühlte sich eingesperrt. Über den Fernseher und ihre Lektüre kam die Außenwelt zu ihr. Sie hätte gern teilgenommen und wie andere Teenager aus reichen Elternhäusern gern mal über die Stränge geschlagen.

Ihr Vater hatte alles. Er konnte kaufen, was er wollte. Aber nein, den flotten Sportwagen, von dem sie träumte, bekam sie nicht.

„Viel zu gefährlich, bei diesem verrückten Autoverkehr“ sagte ihr Vater. „Denk an Prinzessin Grazia, die im Auto zu Tode gestürzt ist. Lass Dich chauffieren von meinen Leuten. Es stehen genügend Autos in der Garage.“

„Freiheitsberaubung!“ Schnaubte Anastasia.

Überall zwischen Monaco und Cannes gab es tolle Partys.

„Nein, Du bist dort nicht sicher. Außerdem bist du zu jung für so etwas."

„Merkst du gar nicht, Papa, wie du mich isolierst? Ich habe keine Freundinnen, keine Freunde, außer den paar die du aussuchst und an unseren Pool oder unseren Strand einlädst. Andere Mädchen in meinem Alter erleben ihre ersten Abenteuer. So bereitet man sich auf das Erwachsensein vor."

„Anastasia, du bist eine Popov, du wirst ein Vermögen von einigen Hundert Milliarden erben. Allein durch deinen Reichtum bist du in Gefahr. Ich liebe dich und darum beschütze ich dich.

Es ist zu deinem Besten."

Solche Gespräche gab es immer wieder. Der Familienzwist war unterschwellig allgegenwärtig.

8
RECHERCHE

„Wir bilden 2 Teams:
Gladys übernimmt eines. Sie recherchiert in der Region, grenzübergreifend bis nach Italien hinein. Albert wird ihr zur Seite stehen. Ihr nehmt auch Aldo mit, der soll sich auf der anderen Seite von Ventimiglia umhören. In Genua gibt's ein paar böse Buben die zu allem fähig sind.

Gilbert wählt sich 3 Leute aus unserem Einsatzkommando und bildet mit ihnen das zweite Team.
Ich koordiniere von hier aus. Ich möchte täglich, am liebsten stündlich, über eure Recherchen informiert werden".
Louis hob seinen Kaffeebecher und rief mit kerniger Stimme:
„Also los, Leute. An die Arbeit!"

Gladys nahm ihn zur Seite. Sie erzählte von ihrer Beobachtung in der Nacht.
„Gut, fangt da an. Alle Häfen an der Küste nach dieser schwarzen Riva absuchen. Auch die versteckten Buchten, die Calanques. Los!"
Gladys ließ ihren Tesla an. Auf der Rückbank saßen Albert, der Klugscheisser, so nannte er sich in gut

gelaunter Selbstironie und Aldo der fröhliche Praktikant.

Hafen von Nizza: Hatte jemand etwas Ungewöhnliches bemerkt? Lag irgendwo eine unbekannte Riva?

Von Hafenmeisterei zu Hafenmeisterei. Die mattschwarze Riva blieb unauffindbar. Niemand hatte das auffällige Gefährt gesehen. Nicht in Villefranche, nicht in Beaulieu, nicht in St. Laurent du Var. Nirgendwo war dieses Boot aufgetaucht. „Eine Fata Morgana? Habe ich mich geirrt? Oder haben die Gangster das Boot in Salzsäure aufgelöst?" Gladys zweifelte an sich selbst.

9
ENTFÜHRUNG

In der vorangegangenen Nacht hatten die Alarmglocken im *Security-Center* der Villa *Sun Palace* geschrillt. Die gesamte Sicherheitsmannschaft war ausgeschwärmt. Die Männer kannten alle neuralgischen Punkte.
„Blödes Vieh“ sagte Vlad, als sie die Möve fanden. Das Tier war in einen Laserstrahl geflogen. Die Brustfedern waren zerzaust und angekohlt. Zusätzlich hatte die Möwe sich beim Sturz das Genick gebrochen. Ein Fall für den Gerichtsmediziner?
Die ganze Aufregung war umsonst gewesen.
„Besser einmal zu viel ausgerückt, als einen Eindringling zu übersehen“, meinte Vlad.
Kein Windhauch im Park. Kein Laut. Selbst die fächerartigen Blätter der Palmen raschelten nicht.

Anastasia war im Tiefschlaf. Plötzlich schreckte sie hoch.
Drei finstere Gestalten standen an ihrem Bett. Schwarze Kapuzen überm Kopf mit schlampig geschnittenen Augenlöchern.
Anastasia setzte zu einem ihrer schrillen Schreie an.
„Schnauze“!
Grunzte eine der schwarzen Typen, hielt ihr den Mund zu und stülpte ihr eine Kapuze über den Kopf,

allerdings ohne Augenlöcher. Zwei der Gestalten hoben Anastasia aus dem warmen Bett und steckten sie in einen Sack. Das Mädchen strampelte und quietschte so gut es ging, trotz der festen Hand auf ihren Lippen.

Die Männer trugen das Bündel durch die Gänge der Villa. Sie wurden nicht belästigt. Das Sicherheitspersonal war noch mit der toten Möve beschäftigt. Die Täter schleppten ihre Last über den Rasen, um den Pool herum und zum kleinen Privatstrand.

Ohne Rücksicht auf blaue Flecken warfen sie Anastasia ins Boot. Die Kalaschnikows wurden unter Deck verstaut. Langsame Fahrt, ohne Licht, nur weg vom Cap und hinaus aufs Meer. Wohin? In der Tiefschwärze der Nacht war das nicht auszumachen. Aber irgendeiner hatte ein GPS: „Geradeaus… ja, geradeaus… jetzt 15 Grad steuerbord… und wieder geradeaus…scharf backbord… laaangsamer…Rückwärtsgang… Wir sind da…“

In der Dunkelheit tauchte eine noch dunklere Silhouette irgendeiner Befestigungsanlage auf. Das Boot glitt lautlos unter einem wuchtigen Torbogen in die Zitadelle von Villefranche. Die Befestigung am Wasser stammte aus dem 16. Jahrhundert. Sie hatte allen Angriffen standgehalten. Jetzt holten sich die Touristen hier ihr Quäntchen Schauder. Hier war ein Bassin stilles Wasser, umgeben von den Steinblöcken der Ruinen der mittelalterlichen Befestigung. Es gab auch einige Wände frisches

Mauerwerk, weiß gekalkt und einladend. Man hatte in das alte Mauerwerk ein neues Museum integriert. Allerdings war der Anleger für die Riva außerhalb des für Touristen zugänglichen Bereichs.
Alles war vorbereitet für die Gefangene.
Man hob sie aus ihrem Sack und fesselte ihre Hände. Die Kapuze wurde abgezogen. Dafür erhielt sie einen Knebel. Augenblicklich fuhr Anastasia sich mit beiden Händen über die Haare.
Eitelkeit selbst im Angesicht der Katastrophe:
„Wo bin ich? Was soll das?
Mein Vater wird euch die Haut vom Fleisch ziehen!“

10
DAS GEFÄNGNIS

Eric, der Anführer, antwortete höflich aber bestimmt: „Keine Aufregung, junge Frau, hier bist du in Sicherheit. Diese Festung wurde vor 450 Jahren erbaut und steht immer noch. Du bist die Henne, die uns goldene Eier legen wird. Dein Vater braucht nur ein Boot mit ein paar Koffern voller Dollarscheinen zu schicken und schon darfst du wieder im eigenen Pool schwimmen. Hier gibt's kein Bad für dich. Aber eine Dusche, elektrisches Licht und gute Aufpasser. Die sind wir. Du wirst gut ernährt werden und unter ständiger Aufsicht bleiben, bis dein Papa sich erbarmt.

Komm, ich zeige dir deine Zelle." Anastasia folgte Eric, der immer noch seine schwarze Kapuze trug.

Ein Raum mit gewölbter Decke und unverputzten Steinmauern. einem Bett, Stuhl, Tisch und einem Schrank.

„Gemütlich hast du es hier. Zweimal wöchentlich bekommst du frische Blumen. Im Schrank sind ein paar Kleidungsstücke, die passen dürften. Keine *Haute Couture,* aber für den täglichen Umgang mit uns gut genug. Besucher wird es nicht geben.

Hinter dieser Tür ist deine Dusche. Frische Handtücher gibt's täglich. Du wirst sehen, der

Service hier ist vom Feinsten. Richte dich ein, Anastasia."

Louis Renaud trank seinen dritten Morgenkaffee. Er las *Nice-Matin* sehr sorgfältig. Bisher war nichts durchgesickert von dem nächtlichen Verbrechen. Hoffentlich blieb das so.

Igor Popov wartete auf der Terrasse auf seine Tochter. Wie immer kam Anastasia zu spät zum Frühstück. Die Haushälterin Isabelle hatte, wie immer, perfekt gedeckt. Von seiner Sonnenterrasse hatte Igor einen ungehinderten Blick aufs Meer. Er hatte die Villa, die früher einem amerikanischen Filmproduzenten gehörte, für viele Millionen gekauft, dann komplett umgebaut und renoviert. Ein Popov kann sich alles kaufen. Also nahm er auch das Nachbargrundstück dazu und legte einen Hubschrauberlandeplatz an. Die Yacht ankerte 150 Meter vom Ufer entfernt. Das Schnellboot war im Bootshaus.
Igor klingelte nach Isabelle:
„Bitte sehen sie nach, wo das Mädchen bleibt und machen sie ihr Beine."
Nach ein paar Minuten war Isabelle zurück:
„Anastasia ist nicht auf ihrem Zimmer, auch nicht im Bad oder Garten. Das Zimmer sieht chaotisch aus."

11
DIE SUCHE

„Ich hätte sie doch in ein Internat stecken sollen. Ihr fehlt jeder Sinn für Disziplin. Ich muss wirklich beginnen, sie zu erziehen. Sie hat es hier zu gut. Schicken sie ein paar Männer raus und lassen sie überall suchen. Bitte. Danke."
Die Suche blieb erfolglos. Der Chef der Security berichtete von der toten Möwe. Igor sah keinen Zusammenhang. Ich auch nicht.
„Weiter suchen. Und fahren sie mit dem Land Rover sämtliche Wege und Straßen auf dem Cap ab. Kucken sie in die Cafés und Bistrots."
„Jawoll, Chef." Die Patrouille machte sich auf den Weg.
Anastasia war in ihrem Duschraum verschwunden.
Eric gab Antonio detaillierte Anweisungen.
Am Hafen klaute Antonio einen unauffälligen Peugeot 308. Er klemmte 2 Drähte zusammen und schon sprang der Motor an. Die steile Straße hinauf zur *Basse Corniche*. Nach links in Richtung Nizza. Vorbei an *La Reserve* und *Le Plongeoir.*
Auf der *Avenue de la République* kaufte Antonio ein Prepaid Handy und ein Guthaben von 50 Euro. Zurück zum *Col de Villefranche*. Hier konnte Antonio ungestört ein paar Minuten parken und telefonieren. Bei Igor Popov summte das private Handy.
„Wir haben Anastasia. Für 250 Millionen bekommen sie die in einem Stück zurück. Anderenfalls kommt

sie in vielen kleinen Päckchen. Nächste Anweisungen morgen um 10:35. Besorgen sie inzwischen die Scheine. Euro, versteht sich. Zwanziger, Fünfziger und Hunderter. Nix Größeres. Gebraucht und unmarkiert. Wir meinen es ernst."
Antonio legte auf. Er hatte seine Stimme kaum verstellt. Keine Behörde auf der Welt suchte nach ihm. Die Polizei fand das Auto am Col, auch das Handy. Man konnte sich keinen Reim darauf machen. Ein perfektes Verbrechen?

Die offizielle Suche nach dem Boot, mit Polizeimarke, hatte nichts ergeben. Nie gesehen, Nie von so einem Boot gehört Also schlüpften Gladys und ihre Kollegen in Räuberzivil. Jeans, Shirts, Sneakers. Extrem flache Waffen, die nicht auftrugen.

12

GENUA

Sie fuhren sogar nach Genua, wo der fröhliche Praktikant einen Onkel hatte, *„der jeden kennt und der alles weiß."* 180 Kilometer glatte Autobahn. Grenzkontrollen gibt's nicht mehr in der EU. Ab und zu eine Mautstelle. Ein Katzensprung.

Guiseppe bewohnte in einem Vorort ein altes Haus mit verwildertem Garten. Obendrüber eine Brücke der Stadtautobahn.
„Fallen die auch mal runter?" Fragte Albert, ein bisschen deplatziert. Giuseppe wunderte sich nicht mehr, was für dumme Leute Aldo manchmal anschleppte. Froschesser, die die Heimatstadt Giuseppe Garibaldis unrechtmäßig übernommen hatten. „Pechschwarze Riva? Nie gesehen."
Geht mal auf die Terrasse, Onkel Giuseppe muss telefonieren. Nehmt ne Flasche Wein mit. Ist gut, dann läuft die Rückfahrt schneller."
Giuseppe telefonierte und telefonierte und telefonierte.
Giuseppe schenkte seinen Besuchern vom besten Aperitivo ein. Er bedachte die rothaarige Dame besonders großzügig.
„Tut mir leid, Leute, ihr habt den Weg umsonst gemacht. Ich kann euch nicht helfen. Die Sache

scheint geheimnisvoll zu sein. Niemand weiß etwas Genaues. Aber alle wissen etwas Ungefähres.

Nur die Sache mit der mattschwarzen Riva war ein guter Tipp. Die gibt's nur dreimal. Am Wahrscheinlichsten ist:
Il Comiteo Executivo. Niemand weiß, wer diese Leute sind. Niemand weiß, was sie wollen. Sie arbeiten im sogenannten Teuflischen Dreieck: Sardinien, Genua, Villefranche sur mer. Dort sind ihre Basen. Mehr habe ich nicht, mehr kann ich nicht bekommen."
„Ich hoffe, wenigstens das Zeug schmeckt euch. Nochmal: chin-chin..."
Giuseppe hob sein Glas, die 3 anderen ebenfalls.
Im Auto fragte Gladys:
„Albert, was hältst du davon? Haben wir einen Ausgangspunkt?"
Albert: „Nein, das scheint die übliche Mafia- Saga zu sein. Nur Gerüchte ohne Fakten."
Gladys: „Hat unser Praktikant etwas daraus gelernt?"
Aldo: „Ja, vertraue der Familie nicht allzu sehr."
Gladys: „Schön mitgedacht, Aldo. Vielleicht wird wirklich einmal etwas aus dir?"
Nach einer Stunde Lautlosigkeit im Auto, begann Gladys:

13
VILLEFRANCHE

„Doch wir haben etwas, womit wir anfangen können: Die Entführer haben eine Basis in Villefranche. Wo? Gibt es leerstehende Häuser? Verlassene Industrie Gebäude? Unbebaute Grundstücke? Höhlen? Felsspalten? Ungenutzte Arsenale aus der Zeit, als hier noch Schiffe gebaut wurden? Die Werftanlagen? Der Hafen mit verlassenen Becken? Wir drei gehen morgen ins Rathaus und besorgen uns alle Unterlagen.
Um 9:00 bei mir zu Hause. Ihr kennt die Adresse."
Das Katasteramt im Rathaus lieh ihnen die Generalstabskarte. „Nur mit sauberen Baumwollhandschuhen anfassen."
Jede kleine Bodenwelle war aufs Genaueste verzeichnet, jeder Felsbrocken, jedes Gebäude mit der Stärke seiner Mauern, der Tragfähigkeit der Böden. die aufgegebenen Industrien, zugeschüttete Hafenbecken.
Gladys und Albert steckten die Köpfe zusammen. Sie spürten dabei den gegenseitigen Atem. Aldo blödelte mit der Angestellten, die die Schlüssel verwahrte. Gladys und Albert kamen überein, dass dort 3 gute Möglichkeiten waren, nicht mehr, nicht weniger:

1. In der „*Rue Obscure*"(einer Sehenswürdigkeit von Villefranche. Die vollkommen überbaute

Straße war immer duster. Damit ein ideales Versteck) gab es ein, seit 30 Jahren, leerstehendes Gebäude. Die Erben des Erbauers waren verstorben, deren Erben ebenfalls. Und auch die Erben der Erben. Niemand wusste, was in dem Gebäude vor sich ging.

2. Auf dem Weg zum Hügel *Vinaigrier* standen zwei leerstehende Villen, die durch einen unterirdischen Keller verbunden waren. Das ideale Versteck!
3. Und dann die Zitadelle. Ein Labyrinth von tragenden Gewölben und eingestürzten Mauern. Mit Zugang zum offenen Meer.

"Hier setzen wir an", entschied Gladys. Wir arbeiten ein Versteck nach dem anderen ab". Sorgfältig wie die Eichhörnchen.

14
ZITADELLE

Die Zitadelle war ein magischer Ort. Das konnte selbst die abgebrühte Anastasia fühlen. Zum großen Teil standen die 4 Meter dicken Wehrmauern noch, zum Teil lagen abgestürzte Steinbrocken herum. Irgendjemand hatte in dieses Chaos eine Stromleitung gelegt und fließend Wasser. So war diese Ruine an der äußersten Spitze der Landzunge zu einem fast wohnlichen Versteck geworden.
Michele, kraushaarig und kurzbeinig war für die Küche zuständig. „Kombüse“ nannten seine Kollegen die. Michele ging auch auf den Markt zum Einkaufen. Dafür hatte er einen antiken Motorroller, eine Vespa aus den siebziger Jahren.
Beim Essen nahmen ihre Entführer die Kapuzen ab. Das macht Anastasia Angst. Sie wusste, dass sie die Gangster, nach ihrer Befreiung, identifizieren könnte. Rechneten die bösen Buben damit, dass sie lebend hier nicht wieder herauskommen würde?
Anastasia zermarterte sich pausenlos ihr Gehirn, wie es wohl weitergehen würde.
Ihr Vater liebte sie, trotz seines Kontrollfimmels, da konnte sie sicher sein. Aber er war auch ein harter Hund. Würde er Lösegeld bezahlen? Oder würde er

die Gangster aufspüren und einen Krieg gegen sie anzetteln?
Ihr fielen 1000 Hypothesen ein. Aber sie verwarf sie alle. Ihr Vater war ein undurchsichtiger, unvorhersehbarer Mann. Reich und skrupellos. Schließlich sagte Anastasia sich:
„Die Zukunft kann ich nicht vorhersehen. Also richte ich mich in der Gegenwart gut ein. Sie aß mit gutem Appetit, sie schlief so viel wie möglich. Sie pflegte ihren Körper. Sie hatte die Genehmigung erbettelt vormittags und nachmittags je eine Stunde im Meer schwimmen gehen zu dürfen. Eric behielt sie von einem leichten Motorboot aus, im Auge.
Anastasia war kein Kind mehr und noch keine Erwachsene. Noch hatte kein Fältchen ihr Gesicht geprägt. Ihre Brüste waren gut ausgebildet, aber noch nicht schwer. Die Hüften gerundet. Ihren schönen Po hatte der Sport geformt. Anastasias siebzehnter Geburtstag stand dieses Jahr an. Würde ihr Vater dafür sorgen, dass sie zur Feier wieder zu Hause war?

15
TELEFON

Igor Popov erhielt einen zweiten Anruf der Entführer. Diesmal war Louis Renaud anwesend. Der hatte die Kriminaltechnik mitgebracht, die jeden Anruf, auch vom Handy, lokalisieren konnte. 2 Techniker und einen Turm von 3 Geräten mit Oszillatoren und Monitoren. Leitungen, überall im Raum. Viele Knöpfe und Schalter, Feintuning vom Feinsten. Die Herren tranken Champagner in kleinen Schlückchen- immerhin waren sie im Dienst. Das Handy summte:
„Annehmen" sagte Louis Renaud zu Igor Popov. „Und so lange wie möglich, hinhalten…"
Igor war nicht gewöhnt zu gehorchen. Er tat es trotzdem.
„Ja?"
„250 Millionen, wie gesagt. In einem silbrig-metallischen Mercedes E-Klasse. Die Taschen mit den Geldscheinen sind im Kofferraum. Der Kofferraum ist NICHT abgeschlossen. Der Wagen auch nicht. Er wird übermorgen Punkt 17:30 vor der Hafenmeisterei in Villefranche abgestellt. Dort lassen sie das Auto unbewacht stehen. Keine Polizei, keine Begleitfahrzeuge. Keine Tricks, keine Selbstschussanlage. Wir scherzen nicht. Wenn Anastasia am Leben bleiben soll, halten sie sich

genauestens an diese Anweisungen. Schluss der Sendung."
„Wir haben ihn", rief Jacques, der die Oszillatoren beobachtet hatte. „Am Col de Villefranche."
2 zivile Polizeifahrzeuge rasten los.
Am Col das gleiche Bild. Ein geklautes Auto, in dem ein Prepaid Handy lag. Keine Spur von dem Anrufer. Lagebesprechung in Renauds Büro. Popov war eingeladen. Keine Fingerabdrücke und keine DNA auf dem Handy. Die Kerle sind gut.

Renaud:
„Sie zahlen nicht. Wir locken die Verbrecher in eine Falle. Wir ziehen vor, die Gangster zu schnappen, Wir möchten hier keine Kidnapping Industrie entstehen lassen."
Popov bekam einen roten Kopf:
„Was, ich soll, wegen popeligen 250 Millionen meine Tochter verlieren? Stellen sie sich mal vor, der kleine Ukraine Krieg allein hat 3 Milliarden zusätzlich in meine Kassen fließen lassen. Ich habe schon meine Frau an den Krebs verloren. Gegen den kann man, auch mit viel Geld, nichts machen.
Ich habe die Klinik gekauft, in der sie behandelt wurde. Habe die besten Spezialisten der Welt eingestellt und die teuersten Medikamente eingekauft. Selbst die, die noch in der Testphase waren. Nichts zu machen. Meine Olga schmolz dahin. Und jetzt soll ich, wegen ein paar Millionen

auf meine Tochter verzichten? Herr Polizeirat, oder was immer ihr Titel ist.
Sie verlangen zu viel von mir."
Popov pausierte. Wenn Blicke töten könnten, dann täten es seine!
Louis Renaud:
„Monsieur Popov, falls sie bezahlen wollen, um ihre Tochter zurückzuholen, werden wir sie nicht behindern. Wir werden das Geld von den Gangstern zurückholen und sie dingfest machen. Niemand wir uns bemerken. Auch wir sind keine Amateure."
Popov: „Ich besorge das Auto und die Geldscheine. Bringen sie diskret einen GPS-Chip an."
Louis:
„Wir sind uns einig. Danke. Niemand redet mit niemandem über diese Affäre."
Popov glaubte, er würde die Zügel in der Hand halten.
Sie gingen auseinander.

16
FAST URLAUB

Das Wasser, in dem sie schwamm, war kristallklar. Hier vor der Landzunge. Anastasia genoss das Gefühl des lebendigen Meerwassers, das sie umspülte. Ganz anders als das gebändigte Wasser im heimischen Pool. Antonio hatte ihr von einem seiner Ausflüge nach Nizza einen Bikini mitgebracht. Die Größe stimmte. Die bunten Streifen waren in Ordnung.

Anastasia genoss den Blick auf das Halbrund der Bucht von Villefranche sur mer. Unten am Hafen die sehr farbigen Häuser der Stadt. Cafés, Restaurants, Geschäfte, Hotels und zwischendrin, die Häuser der ganz normalen Bewohner. An den Hängen der Hügel die Villen der vielleicht Schönen, aber mit Sicherheit Reichen. Zwischen den Gebäuden Gärten mit üppiger südländischer Vegetation. *Hier lässt es sich aushalten*, dachte Anastasia, *aber nicht in Gefangenschaft.*

Sie musste hier raus. Noch hatte Anastasia keinen Plan. Aber irgendetwas gärte in ihr.

Eric beäugte sie vom Begleitboot aus. Nicht, dass sie plötzlich abtauchte, sich in den Felsen versteckte und verschwand. Dafür war die Entführung zu riskant gewesen. Außerdem ließ Eric seine Augen gern über den schönen Körper der jungen Frau streifen. Irgendetwas an ihr bewegte ihn. Ob Anastasia sein Interesse bemerkt hatte, kann ich nicht sagen. Ihre Lebenserfahrung war durch den goldenen Käfig, in dem sie lebte, sehr eingeschränkt.

„Anastasia, deine Stunde ist um."

Sie kletterte tropfnass an Bord. Er gab ihr das Handtuch. Eric sah genau zu während Anastasia sich abtrocknete. Bisschen über Haare, Schultern, Bauch und Schenkel reiben. Das war es schon. Sie machte das übliche Ritual, ohne provokant zu sein. Dann gab sie sich der Sonne hin. Sie war zu jung, um sich ihrer Verführungsmacht bewusst zu sein.

Ihr kleines zu Hause hatte eine bequeme Dusche mitten im Mittelalter. Die Armaturen waren modern und gut einzustellen. Die heiße Dusche mit viel Schaum, war Anastasia wichtig, um das Meeressalz wegzuspülen. Danach wieder ein flauschiges Handtuch und ein bequemer Bademantel. So legte sie sich in den Liegestuhl vor ihrer Kemenate.

Eric saß nicht weit entfernt und las *Nice Matin.* Immer noch keine Meldung über die Entführung der Milliardärs Tochter. Eric war ein wenig beleidigt. Er hatte sich für einen Top- Gangster gehalten und jetzt war er nicht einmal eine Schlagzeile wert?

So viel Mühe, so viel intensive Planung und dann: Kein Echo in der Presse!? Ärgerlich! Sind wir so unbedeutend?

Aber immerhin, diese Anastasia war ein angenehmer Anblick. Es störte Eric nicht, sie bewachen zu müssen. Im Gegenteil, sie berührte eine unbekannte Saite in ihm.
Es gab einen kleinen Zwist zwischen Antonio, Michele und Eric selbst. Eric hielt sich für den Boss. Die anderen befolgten seine Anweisungen, aber immer öfter nur unwillig.
Für Michele und Antonio war Anastasia ausschließlich eine wertvolle Ware. Eric hatte bereits ein wenig Sympathie für sie entwickelt.

Vorsicht, Vorsicht, mahnte er sich selbst, *lass dich von deinem Opfer nicht bezirzen.*

Es gab ein fein abgeschmecktes Ratatouille. Dazu zarte Lammkottelets. Michele hatte sich selbst übertroffen.
Eric schob die Schale zu Anastasia hinüber:
„Da nimm nochmal, ist ausgezeichnet."
Antonio mahnte:
„Eric, gewöhn dich nicht zu sehr an sie. Das Luder hat uns ohne Masken gesehen. Wir müssen sie entsorgen, wenn das Geld da ist."
Anastasia lief es kalt über den Rücken.
Eric brummte irgendetwas Unverständliches. Klang ähnlich wie: *„Ich mach das schon. Schließlich bin ich hier der Chef."*
Es kam nicht zum Streit zwischen den Kumpanen, aber die Stimmung blieb angespannt.

Popov redete nochmal mit der Polizei über die Geldübergabe:

17
ÜBERGABE

„Natürlich werde ich auf die Bedingungen der Entführer eingehen. Ich besorge das Geld in gebrauchten Scheinen. Ich fahre selber den Mercedes, damit mir kein Polizist dazwischen kommt…“

„Wir werden unsichtbar in der Nachbarschaft sein, falls etwas aus dem Ruder läuft…“ Warf Louis Renaud ein.
Popov: „Sie und unsichtbar? Ein Polizeimärchen!“

“Machen sie mir die Übergabe nicht kaputt. Die Gangster werden sie riechen und hören. Ich warne sie. Ich mache sie verantwortlich für das Leben meiner geliebten Anastasia.“

Louis Renaud: „Niemand wird uns bemerken. Nicht sie und nicht die Verbrecher. Beruhigen sie sich, Herr Popov. Die Polizei steht auf ihrer Seite.“
Louis wusste, dass auf dem Plätzchen vor der Capitanerie immer so viel Leben war, dass die Polizisten gut untertauchen könnten.

Popov ließ die Geldscheine aus Zürich kommen. Sein Transportteam war gut eingespielt. Eine russische Mannschaft mit französischen

Diplomatenpässen. Verschlossene Gesichter, die nur einen Ausdruck kannten
Sprich mich nicht an oder ich schieße!
Sie donnerten in 2 schwarzen Land Rovers durch den St. Gotthard. Torino, Milano, Savona und dann die schöne ligurische Küste entlang. Imperia, San Remo, Ventimiglia mit der früheren Grenze. Monaco, Villefranche und das Cap Ferrat. Alles ohne Probleme. Ein paar kurze Stopps, um einen schwarzen Espresso zu tanken.
Popov wartete schon am Gartentor.

18

SPURENSUCHE

3 Tage Scirocco. Mist, musste das ausgerechnet während der Fahndung passieren? Der heiße Wind kam aus der Sahara in Nordafrika. Tagsüber zwischen 40 und 45 Grad. Auch in der Nacht fiel die Temperatur nicht unter 35.
Die beiden Villen, mit ihrem Keller, am Mont Vinaigrier waren schnell abgehakt. Es waren schöne Gebäude, Überbleibsel aus dem 19. Jahrhundert, als der europäische Adel hier seine Sommerfrische verbrachte. Jetzt wohnten dort brave Bürger. Auf der einen Seite ein Arzt, auf der anderen ein Rechtsanwalt, mit Familien. Beide hatten nichts gegen die Durchsuchung ihrer Kellerräume. Keine Hohlräume hinter den Kellerwänden. Gladys postierte am Eingang jedes Hauses eine Wache, die jeden Besucher dokumentierte. Nichts Auffälliges.

In der *rue Obscure* war alles ebenso unauffällig. Das fragliche Haus wurden seit zwei Generation nicht mehr bewohnt. Die Tür hing schief in der verrotteten Angel. Die rue Obscure war eine der Sehenswürdigkeiten von Villefranche. Mitten im Ort gelegen, war die Straße, aus Angst vor Seeräubern völlig überbaut worden, so dass hier ständige Dunkelheit herrschte. Zugang gabs nur an beiden

Enden der Straße und an 3 Stellen an denen man zwischen den Gebäuden schmale Durchlasse geöffnet hatte. Von hier aus konnten sich die Bewohner gut verteidigen. Und hier konnte Gladys jeden Besucher perfekt kontrollieren lassen.
Sie hatten alle Wände sorgfältig abgeklopft. Gab es einen geheimen Durchbruch von einem Gebäude zum anderen? Hohlräume? Was für die Touristen ein malerischer Ort war, den sie lange im Gedächtnis behielten, könnte für die Polizei der schlimmste Albtraum werden? Nein, sie fanden nichts. Die rue Obscure blieb die malerische Postkarten Landschaft, die sie immer gewesen war.
Zwei von drei möglichen Verstecken waren also unter Kontrolle.
Jetzt Fokus auf die Zitadelle.
Die war ein weitläufiges Gelände, fertiggestellt 1557. Eine Burg zum Wasser hin, von der aus Villefranche und das dahinterliegende Nizza gut verteidigt werden konnte. Die Zitadelle war mehrmals zerstört und wiederaufgebaut worden, so dass der ursprüngliche Plan nur noch ungefähr erkennbar war. Eigentlich war die Zitadelle zum Labyrinth mutiert und damit das ideale Versteck. Im 20. Jahrhundert hatte die Stadt, dem Kunst- Tourismus zuliebe, zwei Museen in die alten Mauern integriert. Die Besucher wurden, durch geschickt angelegte Wege, so geleitet, dass sie im öffentlichen Teil der Zitadelle blieben und die ursprüngliche Ruine in Ruhe ließen.

Gladys stimmte ihre kleine Mannschaft auf mehrere Tage intensiver Suche ein. Albert fand das spannend. Aldo maulte.

Gladys:
„Touristen bummeln täglich in Scharen durch die Zitadelle. Allein oder mit Führung. Es gibt dort viel zu sehen."
Aldo: „Ich würde gern eine Führung mitmachen... mit einer hübschen Führerin."
„Ich ziehe dir die Hammelbeine lang.
Wir haben zu arbeiten."
„Hier der Plan: „Wir fangen abends, nach dem Essen an, wenn die Neugierigen sich verlaufen haben. Dann scheidet sich die Spreu vom Weizen. Die Museen sind dann geschlossen. Wir konzentrieren uns auf alles Außergewöhnliche.

20 Uhr Abendessen am Quai Amiral Courbet. „La Mére Germaine". Ich werde mit dem Chef reden, damit er uns ausreichend Spesen freigibt. Ich reserviere. Ihr kommt pünktlich."
Nur weil Gladys einen guten Draht zum PatronThierry hatte, bekam sie einen Tisch. Das angesagte Restaurant war, wie immer, ausgebucht. Die lange Reihe der Luxuslimousinen drängte sich auf dem schmalen Parkstreifen zwischen den Tischen direkt am Wasser, der Straße und dem Restaurant.

Thierry war der perfekte Gastgeber. Das war hier Tradition seit die Namensgeberin das Restaurant 1938 eröffnet hatte. Thierry führte das Restaurant in der dritten Generation.
Die Küche hatte ihre großartige Tradition beibehalten und gleichzeitig immer wieder mit frischen Geschmacksnuancen bereichert.
Louis Renaud hatte eingesehen, dass bei einem so wichtigen Kriminalfall, wie der Entführung im Hause des Milliardärs Popov, auch das Spesenkonto etwas gedehnt werden musste.
Gladys und Albert versenkten sich in die ausführliche Speisenkarte und stellten sich je ein raffiniertes Menü zusammen. Aldo war mehr der Pasta- und Burger- Spezialist. Er suchte Beratung und erhielt sie. Auch bei der Wahl des richtigen Weins half Gladys weiter. Die Rechnung war keine Überraschung, sie war der Qualität des Mahls angemessen. Glücklicherweise hatte Louis Renaud seinen Sonderfond angezapft.
Die Drei gingen zu Fuß die paar Hundert Meter zur Zitadelle. Sie waren gespannt darauf, was sie entdecken würden und ob der Tag endlich erfolgreich werden würde.
Polizeiarbeit macht null Spaß, wenn man keinen Gangster zu Gesicht bekommt.
Die Festung präsentierte sich unübersichtlich, verwinkelt und leer. Wenn es geheime Gänge oder Gewölbe gab, dann waren die Zugänge unauffindbar. Ein paarmal glaubten sie,

Lebenszeichen entdeckt zu haben. Einen Lichtstreifen zwischen 2 Mauerbrocken. Sie hielten den Atem an und trippelten auf Zehenspitzen und dann: so etwas wie Wortfetzen. Aber die kamen nur vom verspäteten Personal des Kunstmuseums Volti. Harmlos und ungefährlich. Gladys kontrollierte die Ausweise.
Später setzte Gladys Aldo vor seiner Pension in Beaulieu ab und nahm sich Albert mit hinauf ins Traumhaus.

19

DIE PROBE

Ein letztes Glas *Nuits St. Georges*, um die erfolglose Suche hinunterzuspülen. Und danach ins Bett. Sie schliefen nicht viel. Sie vögelten zum ersten Mal gemeinsam und hatten alles auszuprobieren.
Gladys meinte um 4:30 morgens:
„Albert, du hast den Test mit Note 1 bestanden."
Sie wiederholten diese „Testphase" nicht oft. Gladys war an nichts Festem interessiert. Sie ging in ihrer Arbeit auf.
Es gab noch ein paar Telefonate zwischen Antonios Prepaid- Handy und Igor Popov. Die Polizei hatte sich in der Villa eingerichtet und hörte mit. Den Gangstern ging es darum, die Spannung hochzuhalten. Sie nutzten dafür ein Gemisch aus Drohungen und Hoffnungsschimmer- wenn Popov, wie vereinbart bezahlte.
Neben der Polizei hatte auch Igor Popov eine unauffällige Geheimarmee ausgesandt, um die Entführer zu finden. Popov hielt sich für mächtiger, als jede Polizei der Welt. Igor war es gewöhnt, die Fäden zu ziehen, politisch, wirtschaftlich und jetzt eben bei der Detektivarbeit. Seine Schnüffler durchschnüffelten die Nachbarschaft auf dem

Cap Ferrat, in Beaulieu, in Villefranche und selbst in Nizza. Popovs Mannschaft fiel nicht auf- außer durch ihre Schweigsamkeit.

Reden ist Blech, Handeln bringt Gold.

Igors Devise war in die Köpfe seiner Männer hinein gemeißelt.

„Bringt mir die Täter und ich mache euch reich wie Krösus!“

Die Popov Leute schnüffelten überall. Albert, der Adjutant von Gladys saß mit seiner Angelrute auf einem Felsbrocken vor dem Tor der Zitadelle. Er beobachtete die Einfahrt. Ein kleines Motorboot war ihm aufgefallen. Ein unbekannter Mann und eine ebenso unbekannte Frau waren an Bord. Zurück von einem Badeausflug? Igors Männer kreisten Albert ein.

„Na, beißen die heute?“

Albert: Es hat schon bessere Tage gegeben. Lasst mich in Ruhe, damit ich fischen kann.“

Grischa: „Dies ist nicht dein Meer. Wir dürfen hier ebenso sein, wie du.“

„Hast du Anastasia gesehen?“ Platzte Grischa raus.

„Anawer? Anawas?“

„Die Tochter unseres Bosses ist verloren gegangen.“

„Tut mir leid, da muss der Papa besser aufpassen. Ich kann euch da nicht helfen, außer, sie ist eine Dorade. Wollt ihr mal sehen?“

Albert hielt Grischa seinen Eimer entgegen, in dem Wasser schwamm ein Fisch.

Seine Angelrute zuckte. „Ich muss jetzt hier aufpassen."

20

DURCHKÄMMEN

Spät in der Nacht beim Briefing im Kommissariat berichtete Albert:
„Wir sind nicht die Einzigen, die nach der Geisel suchen.“ Er berichtete ausführlich.
Gut, schön“, antwortete Gladys. „Ich habe das Gefühl, dass wir auf der richtigen Fährte sind. Wir machen in der Zitadelle weiter.“ Ihre Stimme klang verbissen. Sie hatten eine Fährte gefunden, Gladys würde nicht loslassen.
Louis Renaud war einverstanden:
„Konzentriert euch auf die Festungsanlage Saint Elme. Sie hat eine bewegte Geschichte. Niemand kennt diese Zitadelle vollkommen. Richtet euch auf das Unerwartete ein und berichtet mir. Kämmt sie durch, mit dem ganz feinen Kamm. Dreht jeden Stein um. Und Vorsicht! Manchmal sitzt ein Skorpion drunter.“

Igor hatte die Geldtaschen in sein Schlafzimmer bringen lassen. 5 Taschen mit je 50 Millionen. Schlimme Schlepperei. Aber was tut man nicht alles für sein liebes Töchterlein? Den Mercedes kaufte er, ganz gegen seine Prinzipien, gebraucht. Ein winziger Rest von Sparsamkeit war in seinem Innersten geblieben. Immerhin war seine Kindheit hart gewesen.

Alles war vorbereitet für die Geldübergabe und die Rückkehr von Anastasia ins heimische Nest. Igor pfiff eine populäre Melodie vor sich hin. Die Trauer und der Anflug von Depression war verflogen. Er selber, Igor Popov hielt die Zügel wieder in der Hand.

Die Geldübergabe hatte er selbst organisiert. Die Polizei gehorchte ihm aufs Wort. Alles würde ablaufen wie geplant. Geld gegen das Mädchen.

Auf der anderen Seite sah auch Eric seine Zukunft in rosa Farben. Sie würden die Kleine zurück nach Hause schicken und danach in Geld baden. 250 Millionen würden ihm und seinen beiden Kollegen ein Leben in Saus und Braus erlauben. Auch eine Gesichtsoperation war möglich, für den Fall, dass Anastasia die Täter identifizieren müsste.
Nicht ganz so sicher war Gladys. Sie tappte immer noch im Dunklen. Mit ihren beiden Helfern nahm sie einen zweiten Anlauf, um die Zitadelle zu durchkämmen. Spät am Abend näherten sie sich, vollkommen lautlos, von der Westseite. Hier gab es keinen offiziellen Zugang zu den Resten der Ruine.
Gladys kletterte voran über das Gewirr aus Felsbrocken und geborstenem Mauerwerk. Es war bereits dunkle Nacht. Die Stablampen waren notwendig, um, wenn auch nur langsam, voranzukommen.
Ein Lichtschimmer in der Spalte zwischen 2 Mauerblöcken. Gladys lehnte sich gegen den Stein.

Sie spähte durch die schmale Spalte. Es gab Bewegung aber Gladys konnte niemanden erkennen. Fetzen eines Gesprächs drangen durch die Ritze.
„Wir werden 1 Stunde früher dort sein und uns unauffällig unter die Touristen mischen. Wenn der Mercedes da ist, steigt Antonio ein und fährt los. Wir verlieren keine Zeit. Wir schauen nicht in den Kofferraum. Einfach losfahren und weg. Michele und ich steigen am Col zu. Das Mädchen lassen wir im Café. Keine Extratouren. Kein Risiko.
Antonio du passt auf, ob du verfolgte wirst. Wenn ja, fährst du auf Umwegen zum Col. Von dem Moment an, sind wir frei. Wir müssen schnell, vielleicht schon am Col, ein anderes Auto besorgen. Der Mercedes hat sicher einen Peilsender. Geld umladen und an der Roya entlang ins Gebirge im Hinterland. An der Küste wird's vor Polizei wimmeln. Gute Nacht. Morgen ist der Tag."
Ciao Eric. Bis morgen."
„Bis morgen." Das war eine dritte Stimme.

Gladys war zufrieden.
„Wir haben alles, wir können unser Netz auslegen."
In einem Café am Quai hielt Gladys ein erstes Briefing mit Albert und Aldo. Dann rief sie Louis an, um ihm zu sagen, dass sie mit neuen Erkenntnissen ins Büro kommen würden.
„Was so spät?"
„Boss glaub mir, es lohnt sich."

Louis rief Popov an, er lud ihn ein. Alle Betroffenen sollten gleichzeitig auf dem gleichen Informationsstand sein. Ein Prinzip von Louis erfolgreicher Polizeiarbeit.
Nachtsitzung im Kommissariat, Avenue Foch in Nizza.

21

GOLDENER KÄFIG

Louis und Igor koordinierten ihren Plan. Das Areal um die Geldübergabe würde hermetisch abgeriegelt sein. Die Gangster hatten keine Chance, mit dem Geld zu entkommen. Das war die Aufgabe der Polizei. Igor und seine Mannen würden Anastasia befreien und sofort in die Villa auf dem Cap Ferrat bringen. Von dem gewaltlosen Austausch Geisel gegen 250 Millionen würde keine Spuren bleiben.
Klang einfach und überzeugend:
Die Gangster kämen hinter Gitter. Die Tochter kehrte zurück in ihren goldenen Käfig.
Der Tag war gekommen. Alles war angerichtet. Im Café Cosmo mit Blick auf die Hafenmeisterei saßen 3 von Renauds Leuten. Sie sahen aus wie Touristen, benahmen sich wie Touristen. Sie fotografierten wie Touristen. Beschwerten sich wie Touristen über Preise und Qualität. *Zu Hause ist alles besser.* Darum waren sie hier. Sie hielten sich für vollkommen unauffällig. Aber sie waren ausgerüstet mit extraflachen Schusswaffen, die bereits entsichert waren.

Abwechselnd warfen die Männer unauffällige Blicke auf die Straße. Wo blieb der metallisch glänzende Mercedes? Das, fast unsichtbare, Knöpfchen im Ohr sprach zu ihnen:
“Ruhig bleiben. Nur auf mein Kommando…“
In der Hafenmeisterei saß ein neuer Mitarbeiter am Computer und machte ein uninteressiertes Gesicht. Auch er war bewaffnet. So konnten sie das Auto von zwei Seiten unter Feuer nehmen. Ein leerer Land Rover mit zwei Männern Besatzung parkte nah am Wasser. Er würde Anastasia zurück in die Villa bringen.
Es konnte losgehen. Wo blieb der Mercedes?
Der Knopf im Ohr meldete sich:
„Vorsicht Leute. Das Geld kommt. Ruhig bleiben. Erst auf meinen Befehl eingreifen.“
Spannung. Obwohl es schon Abend war, brütete die Hitze über dem Plätzchen. Die Polizisten im Café hatten ihre Getränke bezahlt. Der Computer in der Hafenmeisterei war auf Schlummerstellung.
Die E-Klasse fuhr im Schritttempo auf das Plätzchen. Igor selbst war am Steuer. Neben ihm ein Begleiter. Was nun?
Igor stieg aus und streckte sich. So als hätte er eine lange Fahrt hinter sich. Sein Begleiter war auch ausgestiegen. Er klopfte sein Sakko ab.
Das Auto war da. Das Geld im Kofferraum. Wo blieben die Gangster? Wo blieb Anastasia?
Der Knopf: „Wartet. Nicht rühren…“

Auch Igor Popov suchte sich einen Tisch auf der Terrasse des Cafés. Sein Sicherheitsmann lehnte gelangweilt an einem Laternenpfahl.
Würden die Entführer sich jetzt den Mercedes schnappen und in die Falle gehen?
Ein Trupp von ca. 10 Touristen ging vorbei, angeführt von einer Führerin mit Wimpel.
„Achtet drauf, ob jemand ins Auto steigt…"
Herzfrequenz erhöht aber Fehlanzeige. Die Gruppe zog vorbei ohne Aufregung.
Der Knopf im Ohr: „Vorsicht. Es nähert sich jemand dem Auto".
„Nein. Schon gut. Fehlalarm…"
Ein altes krummes Mütterchen schob ihren Rollator nah am Mercedes vorbei. Eine Plastiktüte von *Carrefour* mit den Tageseinkäufen am Handgriff.
„Harmlos…" Rief der Knopf im Ohr. „Bleibt auf euren Plätzen…"
Aber dann:
Die Alte schubste den Rollator weg, riss die Autotür auf und rutschte hinters Steuer.
Bevor einer begriffen hatte, was geschehen war, verschwand der Mercedes schon die *rue des Galéres*.
Anastasia steuerte mit einer Hand, mit der anderen riss sie sich die Lumpen der alten Frau vom Leib.
Als Eric am Col de Villefranche zustieg, war Anastasia in Shorts und flottem Oberteil.
Eric: „Toll gemacht, Liebling. Jetzt beginnt unser Leben. Alles vorher war Makulatur."

Anastasia drehte sich zu ihm. Sie küssten sich. „Achte auf die Straße!"
Auto suchen, Taschen umladen. Neue Pässe besorgen. Das sind die ersten Schritte. Sie fanden in Beaulieu einen passenden Peugeot 405. Nahmen ein Bündel Geldscheine aus einer der Taschen, luden um in den Kofferraum.
Eric schloss das neue Auto kurz. Sie tankten voll und los gings, nach Genua.
„Lass uns die Küstenstraße nehmen. Auf der Autobahn, an den Mautstellen gibt's zu viele Kameras. Dauert zwar länger, ist aber sicherer."
Anastasia stimmte zu. Sie war stolz auf ihren Helden, der ihrem strengen Vater 250 Millionen abgeluchst hatte. Den Plan zu ihrem gemeinsamen Abenteuer hatten sie im Bett in der Zitadelle geschmiedet. Die Hormone waren hochgekocht zwischen dem Abenteurer und der russischen Schönheit.

22
PÄSSE

Eric hatte Bekannte in jeder Stadt. Der Peugeot war mit einem guten Navi ausgerüstet. Der Photoshop von Enzo Modigliani war leicht zu finden. Enzo breitete die Arme aus:
„Eric, mein Freund, welche Freude."

„Du kommst mich nicht besuchen, wenn du nicht irgendetwas dringend brauchst. Raus damit. Was ist es diesmal?"
„Gut geraten. Du solltest es beim Quiz versuchen. Diesmal ists ganz einfach: 2 neue Pässe für uns beide. Kanadisch? Kannst auch gleich zwei Führerscheine drauflegen?"
„Du hast Bares bei Dir?"
„Reichlich."
Kommt ins Studio. Wir fangen gleich an."
Enzo öffnete die Hintertür.
Ein gut eingerichtetes Fotoatelier. Naja, konnte man erwarten beim Foto Shop Enzo Modigliani.
Beide bürsteten sich durch die Haare, bevor sie sich in Position brachten. Enzos Equipment war vom Feinsten, sowohl was die Kamera betraf, wie auch das elektronische Beleuchtungssystem.
Mit den Aufnahmen zog Enzo sich in sein Labor zurück:

Dauert 2-3 Stunden. Geht doch in der Nachbarschaft spazieren."
Sie nahmen das Auto. Sie wollten ihren Schatz nicht aus den Augen lassen.
Genua, Strandpromenade, rund um den Hafen lehnten die Nutten in den Hauseingängen, Stadtautobahn, überall quirliges Leben.
Hier wurde, in ärmlichen Verhältnissen, Cristoforo Colombo geboren. Sein schäbiges Elternhaus steht heute noch. Hier wuchs er auf, bevor es ihn hinaus auf die Ozeane trieb, um die Neue Welt zu entdecken.
Sie ließen Enzo die nötige Zeit. Sie kamen erst nach 4 Stunden zurück.

Pässe und Führerscheine waren Meisterwerke. Nicht umsonst war Enzo Modigliani weltberühmt für seine Arbeit. Die war nicht billig. Dafür war sie die neue Lebensgrundlage für Annabelle und Theo Materasso aus Quebec. Ich habe euch vor 4 Wochen einreisen lassen. Über London Heathrow. Hoffe das passt." Sagte Enzo.
Sie begossen das Geschäft in einem feinen Restaurant am Meer. Eric/Theo bezahlte bar.

23

URLAUB

Gladys Stimmung blieb düster. Alles wurde überschattet von ihrem eigenen Versagen:
Die Geisel blieb verschwunden und die 250 Millionen waren weg.
Katastrophe auf der ganzen Linie. Polizeiarbeit wie aus dem Kindergarten.

Sie selber, ihr Team, die Kollegen von der Polizei und Popovs Leute hatten versagt, wie Anfänger. Das konnte Gladys nicht auf sich sitzen lassen,

Sie machte einen Termin bei Louis Renaud:

„Louis, du weißt, dass es mir schlecht geht. Gib mir ein paar Monate unbezahlten Urlaub, damit ich wieder auf die Beine komme. Bitte, Louis."
Louis wackelte mit den Ohren.
Dass Gladys ihn um etwas bat, war neu für Louis. Normalerweise stellte sie Bedingungen.
Erstmal kurzes Nachdenken, dann längeres Grübeln. Das linke Ohr wurde rot und zuckte:

„Gladys, du weißt sehr gut, dass es in dieser Abteilung keinen Urlaub geben kann. Weder

bezahlten, noch unbezahlten. Ich brauche jeden von euch, jeden Tag. Tut mir leid."
„Louis, in meinem deprimierten Zustand bin ich nicht von großem Nutzen für die Brigade. Ob ich hier bin oder nicht, ändert für dich kaum etwas."
Louis Renaud sah sich Gladys genauer an. Sie hatte Recht. Sie sah mies aus. Die gesunde Bräune war aus ihrem Gesicht verflogen, zugunsten einer fahlgrauen Haut. Die Augen hatten ihren Glanz verloren. Die Gesichtszüge hingen. Nichts zu spüren von der strahlenden Energie, die Gladys normalerweise ausstrahlte.
Louis wägte im Stillen ab. Was nützte ihm eine platte Gladys im Büro? Für den Außendienst war sie, in diesem Zustand, nicht geeignet. Sie würde sich die erste Kugel einfangen.
„OK, Gladys zieh los. Lade deine Batterien wieder auf. Lass dir was einfallen und komm wieder, wenn du dich stark fühlst, die Bösen zu jagen."
„Danke Louis, wir bleiben das beste Team für immer. Ich halte Kontakt, wenn es etwas besonderes gibt. Nochmals DANKE."

Schon drei Tage später gab es etwas Besonderes. Gladys telefonierte mit Louis:
„Ich habe, ganz privat, die Fährte aufgenommen. Unsere Geisel ist jetzt Kanadierin und um 250 Millionen reicher. Diese Information noch inoffiziell. Muss unter uns bleiben. Ich bin Undercover. Du erfährst, was du brauchst, wenn es so weit ist."

Ja, die Fährte war noch frisch und sie führte nach Zürich. Annabelle und Theo Materasso wollten sich, so rasch wie möglich, legal machen. Dazu gehörte ein Bankkonto. Natürlich würden sie nicht die ganzen 250 Millionen einzahlen wollen. Das könnte zu viel Staub aufwirbeln. Aber ein solides Vermögen, sagen wir mal, 20 Millionen würde passen. Die übrigen 230 Millionen würden sie selbst bewachen.

Trotz dieser, relativ niedrigen, Summe musste Theo ein penibles Interview über sich ergehen lassen. Selbst in Zürich möchten die Banken manchmal mehr über die Herkunft großer Summen erfahren. Theo Materasso prahlte ein wenig mit der Rentabilität seiner Fabrik für medizinische Geräte in Quebec:
„Wir machen nicht nur gute Umsätze, sondern auch hohe Gewinne. Die letzte Jahresbilanz reiche ich gern nach…“

„Die Bilanz legen wir zu gegebener Zeit, der Akte bei.“ Antwortete der zufriedene Banker. *Immerhin, eine sympathische Kapitalspritze für die Bank.*
Das Konto mit einem Startkapital von 20 Millionen wurde eröffnet. Eine Kreditkarte für jeden der beiden beantragt. Der erste Schritt in die Legalität war gemacht. Die Flüchtigen ahnten nicht, dass Gladys an ihren Fersen klebte. Sie kauften ein neues Auto und zahlten bar.

Erics Verbindungen waren auch in der Schweiz nützlich. Er besorgte 2 fabrikneue Berettas 92 FS ohne Seriennummern. Eric war vorsichtig. Er witterte, dass sie unter Beobachtung standen.
Ihr neues Leben würde ein ständiger Spagat sein. Das verliebte Paar wollte glücklich und normal leben. Wann immer es möglich war aber sie mussten sich ständig über die Schulter schauen. Wann immer es möglich war strich Eric über Anastasias Haut. Ihre Rundungen elektrisierten ihn jedes Mal. Liebe und Leidenschaft vereinigten sich in diesem Paar. Sie lebten im größten Komfort und in völliger Unabhängigkeit, in den besten Hotels, versteht sich. Ein vielgereistes Paar, das im Geld schwimmt. Sympathische Leute. Gleichzeitig mussten sie ständig mit Verfolgern rechnen. Die Polizei würde nicht aufgeben, nach ihnen zu suchen und auch Igor Popov wollte sicher seine Millionen zurückerobern.
Der neue Wagen war ein Audi. Der galt als schnell und zuverlässig. Einstweilen vermieden sie, zu fliegen. Die Fahrt zurück an die Côte d'Azur ging durch den San Bernardino. Es zog sie an die französische Küste, wegen der hohen Lebensqualität, die sie sich jetzt leisten konnten.
Annabelle und Theo Materasso übernachteten in den besten Hotels. Abends beim Essen machten sie Pläne für die gemeinsame Zukunft.

„Wir brauchen eine bürgerliche Existenz,“ meinte Theo. „Ich träume von einem kleinen Weingut in der Provence.
Was hältst du davon?“
„Ein kleines Schlösschen würde mir gefallen. Das Leben auf dem Land auch. Dürfte nur nicht zu weit vom Meer entfernt sein. Du weißt, Eric, ich schwimme gern.“
„Nenn mich nie wieder Eric“, zischte der. Er schlug mit der Faust auf den Tisch. „Ich bin Theo Materasso aus Quebec und du bist meine Frau Annabelle. Unser Vermögen stammt aus unserer Fabrik in Kanada. Den Weinberg betreiben wir als Hobby, wegen unserer Freude am Landleben.“

Sie hatten wieder einmal Glück. Sie fanden ein Weingut, mit hübschem Herrenhaus, das als bescheidenes Schlösschen durchgehen konnte. Mehrere unterschiedliche Lagen, die mit unterschiedlichen Reben bepflanzt waren. Nur 25 Autominuten vom Strand. Der Besitzer war alt und wollte verkaufen. Es gab keine Erben. Der Verwalter hatte 20 Jahre auf diesem Gut gearbeitet. Er würde gern bleiben und für die neuen Besitzer arbeiten. Der Weinberg mit dem Haus kostete nur ein paar Millionen. Der Verkäufer nahm gern Bares. Der Steuer wegen.

24
HOBBYWINZER

Annabelle hatte die gute Idee, ein Fest für die Dorfbewohner zugeben.
„Wenn wir einmal alle gemeinsam getrunken haben, gehören wir dazu." War ihr stichhaltiges Argument.

Wein war genug im Keller. Den Metzger ließen sie 4 Hammel reservieren und zum Schmoren vorbereiten. Das Dorfrestaurant bereitete die Beilagen. Bänke und Tische, ebenso wie Besteck wurden ausgeliehen.
Die beiden Kanadier waren im Dorf schnell beliebt. Sie schienen wohlhabend zu sein, aber sie waren nicht überheblich. Sie erwarten keine Extra-behandlung, weder im Supermarkt noch im Bistrot. Sie gaben überall, wo sie konsumierten, gutes Trinkgeld und ein freundliches Lächeln.
Solche Leute empfing man gern im Dorf. Bald waren sie auf du und du mit fast allen. Nur ihr leichter Akzent erinnerte daran, dass Theo und Annabelle nicht von hier waren.
Im Café *Les Trois Amis* tranken sie unter der Platane ihren Aperitif mit den anderen, machten die gleichen Witze wie alle anderen über die Regierung, egal ob links oder rechts. Die Regierung ist IMMER im Unrecht. Das hat Tradition in Frankreich.

Theo und Annabelle beteiligten sich immer, wenn es um die Belange der Dorfgemeinschaft ging. Sie behandelten ihre Mitarbeiter gut. Sie bezahlten alle Abgaben pünktlich. Sie spendeten für gute Zwecke. Ja Annabelle und Theo waren gute Bürger, sie waren schnell in ihrer neuen Heimat integriert. Sie wurden unsichtbar als Gleiche unter Gleichen.
Kanadische Hobby-Winzer, die das einfache Landleben in der Provence genossen. Mit viel freier Zeit und wenig Sorgen Am nahen Strand hatten sie sich ein Sommerhaus errichten lassen. Dort verbrachten sie so viel Zeit, wie möglich. Das Weingut zu betreiben, verschlang nicht viel Zeit. Ihr Verwalter leistete hervorragende Arbeit. Die Materassos stellten ausreichend Personal ein und Monsieur Duprés war ein ausgezeichneter Organisator. Er brachte seine jahrzehntelange Erfahrung mit dem Vorbesitzer ein.

Nach 3 Jahren auf dem Land liefen die Wochen routinemäßig ab. In ihre Liebe war glücklicherweise keine Routine eingebrochen. Theo bestand darauf, auch in der Intimität, ausschließlich die neuen Namen zu benutzen. Wenn sie unauffällig bleiben wollten, dann mussten sie perfekt sein. Nach und nach glich sich ihre Sprache dem Singsang der Provence an. Niemand hätte die beiden als Fremdkörper aus der Region herauspicken können. Der Übergang vom alten Besitzer zu den neuen war vollkommen lautlos gegangen.

25
DUNKLES GEHEIMNIS

Der Ruf ihrer Weine hatte sich sogar gebessert. Das Schlösschen produzierte gehobene Mittelklasse, was bei der Konkurrenz der Alteingesessenen schon etwas bedeutete.
Sex gabs immer noch fast täglich. Gut, die erste wilde Leidenschaft war verflogen. Sie war einer tiefen, verständnisvollen Liebe gewichen. Die Lust auf den Körper des anderen war geblieben, nicht stündlich, nicht täglich aber ungefähr viermal die Woche, das war für beide befriedigend.
Das dunkle Geheimnis, das sie verband, erinnerte Theo und Annabelle ständig daran, wie wichtig es war, zusammen zu halten. Vielleicht sollten mehr Paare durch dunkle Geheimnisse verbunden sein?

Annabelle hatte am Lack ihres Vaters gekratzt, indem sie ihn um 250 Millionen erleichtert hatte. Theo hatte nicht umhingekonnt, seine Kollegen Michele und Antonio zu beseitigen. Das war ein Kapitalverbrechen. Mord. Verjährte nicht. Theo und Annabelle standen immer noch auf der Fahndungsliste, wenn auch unter anderen Namen.
Gladys wurde immer noch von ihrem Ehrgeiz zerfressen. Sie hatte inzwischen ein halbes Dutzend schwieriger Fälle gelöst. Aber das eine Versagen in

Villefranche, vor der Hafenmeisterei lastete schwer auf ihr. Sie war so nah dran gewesen. Sie hatte die Verfolgung aufgenommen, aber dann in Zürich die heiße Spur wieder verloren.
Irgendwie hatte sie erraten, in der *Var Region* suchen zu müssen. Sie liebte diesen Teil der Küste ebenso wie ihre Heimat Nizza mit Villefranche. Die Sonne schien ebenso hell, das Meer war türkisfarben. Die Menschen waren freundlich, alles lief etwas langsamer ab, als an der hektischen Riviera. Es gab nicht so viel Glanz und Glitter. Dafür aber mehr Gelassenheit. Gladys bummelte von Ort zu Ort lernte Menschen kennen, entdeckte eine Fährte und verwarf sie wieder. Entdeckte einen Liebhaber und ließ ihn sitzen. Gladys vögelte nicht immer praktisch, dafür hatte sie zu viel mediterranes Temperament. Manchmal geschah es, dass ein Liebhaber sie, ganz unwissentlich, weiterbrachte.

26

ALPHONSE

Am Strand von St. Raphael lernte Gladys den athletischen Alphonse kennen. Alphonse verkaufte Sicherheitssysteme in der 2. Generation. Sein Vater hatte sich noch mit Stahlgittern und Sicherheitsschlössern abgegeben. Alphonse hatte vollkommen auf Elektronik umgestellt. In seiner Region war er, unbestritten, die Nummer 1. Nach einer hitzigen Nachmittagssiesta, nach der Dusche, die den Schweiß und das Sperma wegspülte, plauderte Alphonse aus dem Nähkästchen. Ungefähr 12 Monate lang waren seine Geschäfte sauschlecht bis mittelmäßig gegangen. Aber jetzt war ihm ein schöner Auftrag in den Schoss gefallen.
Im Hinterland gab es einen verrückten Winzer, der sein Schloss voll aufrüstete. Lichtschranken überall. An der Toreinfahrt, an der Gartentür nach hinten hinaus, an allen Öffnungen des Gebäudes, Türen, Fenster, Dachluken, Kellertreppe. Einfach überall. Versteckte Videokameras, die jede Bewegung aufzeichneten. Hightech in einem verschlafenen Dörfchen in der Provinz. Was lagerte der Kerl? Goldbarren anstatt Weinflaschen?
Kein Wunder, dass Gladys hellhörig wurde. Sie dachte: *Liebe machen lohnt sich immer. So oder so.*

Sie zog immer engere Kreise um das Weingut der Kanadier. An der Theke bei Jean Baptiste lernte Gladys Leute kennen, die für die Matarassos arbeiteten. Gladys Verhörmethoden waren vom feinsten Feinschliff. Meistens bemerkte der Befragte nicht, um was es dem Befrager ging. Sie sprach ein Wirrwarr von Themen an. Gladys kam von regionaler Politik zur Weltwirtschaft, dem Klimawandel und den Umweltproblemen. Sie hörte sehr genau zu, was ihr Gesprächspartnerantwortete. Immer wenn die Materassos in den Fokus kamen ging Gladys genauer ins Detail. Diese Kanadier, waren sie wirklich verdächtig oder waren sie lediglich Gladys Obsession?
Im Hotel hatte Gladys einen Zettelkasten, in dem sie jedes Stückchen Information sammelte. Noch ergab sich kein Mosaikbild, aber viele Teilchen passten bereits zusammen.
An der Theke, bei Jean Baptiste, stellte Gladys verbale Fallen. Viele tappten hinein. Einstweilen gab sie ihre Erkenntnisse nicht weiter. Weder an ihren Chef Louis, noch an den Oligarchen Igor. Sie wollte sicher sein, etwas hieb- und Stoßfestes in der Hand zu haben, um dann, mit geballter Wucht, die Täterzu zerschmettern.
Noch hatte Gladys keine harten Beweise. Noch hielt sie Igor im Ungewissen. Er würde alles erfahren, wenn sie sicher war, keine Minute vorher.

27

NEUORGANISATION

Gladys hatte sich an diesem Fall, weit weg vom heimischen Nizza, festgebissen. Sie war im unbezahlten Urlaub. Eine unkomfortable Situation. Sie konnte und wollte die Geisel mit ihrem Geiselnehmer nicht laufen lassen. Ohne die Unterstützung des *Commissariat Central* war sie völlig auf sich selbst gestellt. Sie brauchte alle Informationen aus dem unsichtbaren weltweiten Netz.

Gladys bat Louis Renaud um einen Gesprächstermin, nach Büroschluss.

Louis freute sich, Gladys wiederzusehen. Das Verhältnis des Chefs zu seinen Mitarbeitern war immer sehr herzlich gewesen. Das lag, unter anderem daran, dass Louis kein Paragraphenreiter war.

Gladys kam sofort auf dem Punkt:

„Nicht, dass mir die Zeit mit euch im Büro fehlt, aber im unbezahlten Urlaub hänge ich ziemlich in der Luft. Ein bisschen Struktur täte mir gut. Zeitlich kann ich nicht absehen, wie lange ich brauche, den Popov Fall zu lösen. Bin nah dran. Aber wie nah, das weiß ich nicht. Ich würde gern mit Dir und der Behörde eine regelmäßige, aber flexible Zusammenarbeit auf die Beine stellen…“

Louis lehnte sich weit in seinem bequemen Bürostuhl zurück. Er knabberte am Ende seines Stifts. Das linke Ohr wurde rot und zuckte. Das hieß, Louis dachte nach:
„Ja, vielleicht... muss mal sehen. Vielleicht so etwas ähnliches wie: wir heben dein Arbeitsverhältnis auf und stellen dich als selbstständige, unabhängige Beraterin, die uns freiberuflich zuarbeitet, wieder ein? So was in der Art?"
„Toll." Antwortete Gladys.
Louis biss nochmal in den Stift und zuckte mit dem Ohr, dann:
„Ich rede mal mit der Buchhaltung, wie wir das mit einem fixen Honorar regeln können oder ob wir monatliche Rechnungen von dir brauchen".
Gladys: „Auch an die Spesen müssen wir denken."

Nach 48 Stunden war der Vertrag ausgehandelt und unterschrieben. Gladys hatte ihre Ellenbogenfreiheit und gleichzeitig Polizeibefugnisse. Ungewöhnlich aber machbar, wenn beide Seiten guten Willens sind. Sogar eine Dienstmarke und eine Waffe waren genehmigt.
Gladys hatte sich sogar mit dem überheblichen Igor Popov kurzgeschlossen, in der Hoffnung, er hätte seine Tochter eingefangen und irgendwo in der Villa versteckt. Aber nein, die Hoffnung wurde enttäuscht. Popov suchte ebenso verzweifelt nach der „untreuen" Tochter. Er war sehr böse, wegen der 250 Millionen. Es ging ihm nicht ums Geld, sondern

um den Verrat. Anastasia hatte gemeinsame Sache mit Verbrechern gemacht sich, gegen die eigene Familie gestellt! Dabei hatte die Popov Familie 250 Millionen verloren. Verrat in der Familie wurde durch die Todesstrafe gesühnt. Igor schäumte innerlich vor Wut, die er nicht herauslassen konnte. Dieser innere Druck vergiftete ihn. Falls Popov Anastasia in die Hände bekam, bevor Gladys sie fand, dann war sie tot. Ein Ansporn mehr für Gladys, Anastasia rasch zu finden. Einen Fall zu lösen und gleichzeitig 1 Leben zu retten, war ein schönes Ziel.
Trotz der unterschiedlichen Ziele bündelten Igor und Gladys ihre Recherchen.

28
NEUES LEBEN

Annabelle hatte richtig geraten: ihr Vater hatte seine Leute an allen Hotspots der Côte d'Azur postiert. Top Restaurants, Bars, Discos, ja selbst die besten Frisöre wurden überwacht. Wer Anastasia, auch nur im Entferntesten, ähnlichsah, wurde herausgepickt und verhört. Im Zweifelsfall dem großen Manitu vorgeführt.

„Du, Liebling, das Ratatouille von Michele ist eine gute Erinnerung…“ Theo unterbrach grob:
„Schluss, Annabelle, unsere Vergangenheit wird nicht mehr erwähnt. Das müssen wir beide lernen. Keine Namen, kein Popov, kein Antonio, kein Michele, keine Zitadelle, kein Villefranche und vor Allem: kein Erik, keine Anastasia. Die alle haben wir niemals gekannt, die Orte haben wir nie gesehen.“

„Zieh gemeinsam mit mir diesen Schlussstrich.“

Annabelle verstand. Es ging um alles. Sie plante sehr ernsthaft mit Theo:
„Wir müssen uns auf ein komfortables Landleben einlassen. Die Luxushotels, die Luxusbars, die Casinos und die Juweliere an der Côte sollten wir meiden wie die Pest, wegen Papa. Zu gefährlich. Ein kleiner Fehler genügt und wir fliegen auf.“

Sie gingen hinauf ins Schlafzimmer. Dort feierten sie ihren neuen Lebensplan mit gutem altem Wein und sehr viel frischem Sex. Wie nah Gladys ihnen auf den Fersen war, konnten sie nicht ahnen.

29
RESTAURIERUNG

„Mir solls recht sein. Das Anwesen gefällt mir, der Weinberg auch. Vögeln können wir hier so viel wir wollen. Sogar ungestörter, als im *Ritz* oder *Waldorf Astoria* Wir können uns alles leisten, was wir uns wünschen. Ich muss nicht im *Carlton* oder *Negresco* übernachten. Brauche keinen Cocktail aus der *Blue Bar.* So lange wir beide zusammen sind, ist mein Leben perfekt. Ich habe ständig Lust auf dich."
„Dazu gehört 24stündige Disziplin. Sei verrückt und ausgelassen, wenn wir allein sind. Aber in Gesellschaft haben wir uns unter Kontrolle. Das ist lebenswichtig.
Wir leben das klassische Doppelleben, wie im Roman.
Sie restaurierten den schlossartigen Landsitz. Bei der Gelegenheit vergrößerten sie den Weinkeller um einen neuen Raum. Unzerstörbare Betonwände. Eine Stahltür wie zu einem Tresorraum. Sicherheitsmaßnahmen wie in Fort Knox.
Das schien übertrieben. Welche Schätze wollten die Kanadier dort lagern? Besonders seltene Jahrgänge? Nun, ihr Schloss produzierte gute Weine, war aber keine der großen Traditionsadressen. Ein Panikraum, der ihnen Zuflucht gewähren sollte? Dieser Teil der Provence war nicht durch auffällige Verbrechen verseucht. Also?

Einer der Bauarbeiter redete zu viel, wenn er 2 Gläschen schweren Roten getrunken hatte. Er hing mit einem Arm an der Theke und informierte seine Kumpel:
„Diese Kanadier planen etwas. Ich weiß das. Kein Gerücht, habe selber mitgeholfen."
Und dann: „kommt näher..." Halb so laut. Er hielt einen gestenreichen Vortrag.
Der neue Tresorraum war der Fehler. Das Gerücht drang bis zu Gladys.
Vielleicht ist da etwas dran? Ich werde die „Kanadier" unter die Lupe nehmen. Wofür braucht ein Landwirt einen ganzen Tresorraum? Für 250 Millionen?
Das Geld käme aus Kanada über die Schweiz, sagte die Bank. Etwas kompliziert, aber sauber. Sonst hätten wir die nicht als Kunden akzeptiert.
„Danke, klingt gut," antwortete Gladys.
„Wann kam die letzte Überweisung?"
Oh, da lag der Hase im Pfeffer. Überweisungen von einer kanadischen Bank hatte man noch nicht gesehen. Bisher war das Geld immer bar eingezahlt worden.

30
WIE MACHT MAN WEIN?

Jetzt hatte Gladys etwas. Sie biss sich fest.
Theo und Annabelle hatten sich voll ins Weingeschäft geschmissen. Sie kauften alle Fachbücher, die auf dem Markt waren. Sie lernten, was es zu lernen gab. Sie besuchten Seminare. Duprés gab ihnen abends Nachhilfeunterricht. Die Arbeitsabläufe auf dem Gut wurden von ihrem Verwalter organisiert. Der stellte auch die Saisonkräfte für die Lese ein. Alles lief perfekt. Die Schlossherren lernten und brachten sich nach und nach in die Arbeit ein. Nach vorsichtiger Absprache mit Duprés wagte es Theo manchmal, Anweisungen zu geben. Es funktionierte immer besser. Bald würden sie wie ein Implantat sein, das nicht mehr zu entfernen ist.
Theo bemühte sich, seinem Schlösschen einen traditionellen Anstrich zu geben. Ein angesehener Bildhauer in Vence meißelte ihnen eine Art fantasievolles Familienwappen. Das thronte dann über der Toreinfahrt. Theo kaufte alte Steine und Dekorationsstücke aus Abrissgebäuden. Er integrierte großzügig, was irgendwie passte.

31
DÜSTERE GEHEIMNISSE

Theo ließ Wegweiser aufstellen mit der Silhouette des Schlosses. Er organisierte Verkostungen. Das Schlösschen zwischen Frejus und St. Raphael wurde eine Attraktion. Trotzdem behielten beide Bodenhaftung. Sie hatten es geschafft. Sie erzielten ein gutes Einkommen. Ganz legal. Es fiel nicht auf, wenn sie ab und zu aus ihrem Schatz im Keller aufstockten. Sie durften nicht allzu sehr ins Gespräch kommen. Unauffällig bleiben war ihre oberste Devise.

Ihr Familienleben blieb unauffällig. Bürgerlich. Keine Seitensprünge auf beiden Seiten. Das gehörte zur Strategie. Keine Skandale, keine Klatschgeschichten drangen aus dem komfortablen Bürgerhaus. Die Vermarktung lief glänzend. Ihr Wein gewann an Reputation. Sie konnten die Preise schrittweise hinaufschrauben. Jedes Jahr legte Theo ca. 1.000 besonders gut gelungene Flaschen zur Seite, um sie ein paar Jahre später teurer verkaufen zu können. Unter dem Logo *„Cuvée Speciale“*.

Annabelle und Theo liebten sich immer noch leidenschaftlich, obwohl ihr düsteres Geheimnis immer noch über ihnen schwebte. Vielleicht war dieses Geheimnis der Zement, der sie zusammenhielt?

An die neuen Namen hatten sie sich voll und ganz gewöhnt. Annabelle und Theo waren von kanadischen Hobbywinzern zu erfolgreichen provenzalischen Winzern geworden. Gab es Mal ein schlechtes Weinjahr, dann gingen sie in den Keller und halfen sich selbst aus ihrer Geldreserve.
Schwer vorstellbar, dass diese Idylle auf tönernen Füßen stand.

32
JEAN BAPTISTE

Gladys hatte sich in der Nachbarschaft eingemietet. Ein Zimmer im Gasthof. Sie war Weinbaustudentin und wollte hier ihr theoretisches Fachwissen abrunden. In ihrem Hotelzimmer stapelte sich die Fachliteratur.
Abends hing sie an der Theke im Bistrot bei Jean Baptiste und plauderte mit aller Welt. Die junge Frau mit den feuerroten Haaren war freundlich, offen und angenehm im Umgang. Warum sollte man ihr nicht ein bisschen aus dem Nähkästchen erzählen? Önologie war ein weites Fachgebiet, das sich ständig entwickelte Jeder Weinberg interessierte die junge Studentin, besonders der des Schlösschens. Der glich allerdings mehr einer Weinebene, als einem Berg. Ihre Region war nicht sehr hügelig, die Böden sandig. Das wenige Regenwasser versickerte, es lief nicht ab. Im Sommer staute sich die Hitze in den Mulden. Zu heiß, zu trocken für Weinanbau, glaubten viele und zogen daher Bordeaux und Bourgogne vor.
Kanadier und Wein der Provence? Ein absurdes Duo?
Gladys sammelte und sammelte. Aus hunderten von Gesprächsfetzen setzte sich ein unscharfes Bild zusammen, aber keine harten Fakten.

Popov kam „unauffällig“ in die Region, um Informationen abzugreifen. Er hatte für das Treffen ein diskretes Strandhaus gemietet, in sicherer Entfernung von den *Villages d'Or*, wo Gladys residierte.

33
EIFERSUCHT

Popov hatte nix. Keine Fortschritte von seiner Seite. Die Tochter, ebenso wie das Geld, war spurlos von der Erdoberfläche verschwunden. Nun, Geld versickert leicht, ohne Spuren zu hinterlassen. Aber junge Frauen?

Gladys gab vor, im Dunklen zu stochern, mit etwas Hoffnung aber ohne wirkliche Anhaltspunkte. Auch der Pastis auf der Terrasse lockerte die Zungen nicht.

Einziges Resultat dieses Treffens war, dass Alphonse eifersüchtig wurde.

„Ich hatte dich gewarnt,

ich bin keine Frau für „immer und ewig."

Es gab Versöhnungssex. Immerhin. Noch einmal alle Energien reinhauen. Alphonse hatte seine Schuldigkeit getan. Konnte Gladys ihn um die Pläne der Alarmanlage bitten? *Als letzten Gefallen sozusagen?*

Ach Quatsch! Ein Einbruch würde sie nicht weiterbringen.

Anstatt dessen bewarb sie sich lieber um ein Praktikum bei den Kanadiern. Ist doch logisch: Eine Önologie- Studentin will auch mal praktisch hinlangen. Die Winzer interviewten sie im Double. Interessant: Beide sprachen französisch ohne

sauberen kanadischen Akzent. *Naja, weitgereiste Weltenbummler.*
Sie hatte weder Anastasia noch ihren Entführer jemals gesehen, konnte also aus dem Aussehen der Kanadier keine Schlüsse ziehen. In einem bedeutungslosen Dialog erwähnte sie ihren Bekannten, den Russen Igor Popov und beobachtete genau, ob es im Gesicht der jungen Frau Materasso irgendein Zucken gab.
Oh nein, entweder sagte ihr dieser Name nichts oder sie hatte sich perfekt im Griff.
Gladys mochte diese Unsicherheit gar nicht. War sie ihrem Ziel nahegekommen oder war das Ganze nur ein Hirngespinst, entstanden aus ihrer lebhaften Fantasie und Berichten von Leuten, die nicht gut beobachteten?
Gladys stürzte sich in 2 zusätzliche Affären mit Männern aus der Region. Die brachten ihr aber nichts außer ein paar heftigen Orgasmen. Was sie an eine Lebensweisheit erinnerte:
„Der Orgasmus ist das einzige Gut, das dir niemand wieder wegnehmen kann. Dein Haus kann abbrennen, das Auto gestohlen werden, das Bankkonto gepfändet werden. Der Orgasmus bleibt dir,“
Wer ihr diese klugen Worte geschenkt hatte, erinnerte Gladys sich nicht. Aber sie waren hängen geblieben.

34

MORD

Igor Popov machte keine halben Sachen. Ihm wurde überbracht, dass in St. Raphael im Restaurant *Brise de Mer* eine junge Frau arbeitete, die sehr genauso aussah wie Anastasia Popov. Eines Abends, kurz vor Geschäftsschluss hielt ein schwarzer Land Rover vor dem Restaurant. Der Beifahrer sprang heraus, stürmte geradeswegs auf die Barfrau zu und schoss ihr 2 Kugeln mitten ins Gesicht. Der Fahrer war, bei laufendem Motor, sitzen geblieben.
Mit quietschenden Reifen raste das Gefährt davon.
Die lokale Polizei war überfordert. Sie bat um Hilfe aus Nizza. Louis Renaud schickte Albert.
Das Wiedersehen fand, sehr diskret, in Gladys Hotelzimmer statt. Sie war schließlich Studentin und hatte mit polizeilichen Dingen nix zu tun.

Die Praktikantin aus Nizza gefiel den beiden Kanadiern. Nicht nur, dass sie während ihrer Arbeitszeit immer pünktlich und aufmerksam war, auch außerhalb ihrer Arbeitszeiten holte sie sich Insiderwissen bei den Winzern. Manchmal saßen sie abends zu Dritt auf der Terrasse hinter dem Schloss zusammen und plauderten. Sie war neugierig und wollte immer alles wissen. Der Ablauf der Weinherstellung lief im Schloss nicht anders ab, als

anderswo. Nur für das Keltern und die Gärung hatte Kellermeister Duprés ganz eigene Varianten eingeführt. Bereits beim Vorgänger.
Die Materassos hatten keine Winzertraditionen aus Kanada mitgebracht, das gaben sie gern zu. Sie kamen aus einem Hightech Sektor.
Theos Vater hatte in Montreal eine Firma aufgebaut, die extrem sensible medizinische Geräte herstellte. Theo hatte die Firma zu seiner Volljährigkeit übernommen. Sie waren unbestrittene Weltmarktführer auf ihrem Gebiet. Das Führungspersonal war hochqualifiziert. Der Betrieb lief auch ohne die Anwesenheit des Besitzers.
„Eigentlich sind wir nur Hobbywinzer. Wir können uns diesen Spaß leisten," gestand Theo.
„Aber ihr Weinkeller bleibt ein Geheimnis. Monsieur Duprés hat mir niemals erlaubt, ihn zu besichtigen," erklärte fragend Gladys.
Jetzt mischte sich Annabelle ins Gespräch:
„Alles halb so wild. Geheimnisvoll ist dort gar nichts. Wie überall ist dort ein großes Gewölbe, in dem die Fässer sauber aufgereiht ruhen. Wahrscheinlich denkt unser Kellermeister dieser Raum ist zu langweilig für eine Besichtigung."

35

ELEKTRONIK

Gladys drängte nicht weiter. Sie wollte nicht auffallen. Aber spät in der Nacht, nachdem sie Albert ausführlich geritten hatte, kam Gladys auf das Thema Keller zurück. Sie erzählte Albert von dem Gerücht über den Tresorraum und von den vielen elektronischen Sperren im Schloss.
„Eine Festung," Meinte Albert. „Warum das?"
„Halt die Füße still, Albert. Funk mir nicht dazwischen. Ich kläre das auf."
Die Winzerstudentin klang fast wie die Vorgesetzte im Kommissariat.
Albert war offiziell der Polizei von Frejus unterstellt. Er leistete lediglich Hilfestellung bei den Kollegen in der Region, wegen des brutalen Mordes in der *Brise De Mer*. Es gab keinen Anhaltspunkt. Keine Zeugen, keine verwertbaren Reifenspuren. Sah aus wie eine hochprofessionelle Exekution. Die Barfrau war ein Neutrum. Sie hatte keine Verbindungen zum Milieu gehabt. Keine merkwürdigen Liebhaber, kein Glücksspiel, keine Schulden. Nichts Geheimnisvolles im Lebenslauf. Keine bekannten Affären. Ein Rätsel!
Für Albert war Gladys war eine glückliche Zufallsbekanntschaft. Sonst nichts. Eine Gelegen-

heit mal auszugehen und den Verkauf von Kondomen in die Höhe zu treiben.
Albert war nicht hier wegen der Popov- Affäre. Die war längst als „unaufgeklärt" abgelegt worden. Nur Gladys hatte sich in die Sache verbissen und Popov grollte noch.
Es gab weiterhin Spannungen zwischen der Nato und Russland Popovs Rüstungsgeschäfte spülten immer mehr Milliarden auf seine Konten.
Die 250 Millionen grämten ihn nicht. Aber der Verrat seiner Tochter.

36
LETZTE STUNDEN

Igor machte einen letzten verzweifelten Versuch: Über einen gefälligen Journalisten, dem er die Zukunft vergoldete, lancierte er das Gerücht, er sei schwerkrank und liege im Sterben. *Vielleicht berührt diese Nachricht ihr hartes Herz und Anastasia kommt, um Abschied zu nehmen? Ich werde sie gebührend empfangen lassen.*
Igor ließ an sein gesamtes Personal einen Satz von 3 Portraitfotos von Anastasia verteilen. Er gab den Befehl, sofort und ohne Warnung zu schießen, sollte diese Person sich dem *Sun Palace* nähern.
Die Wache am Tor erhielt ein starkes Fernrohr, damit sie näherkommende Personen gut ausspähen konnte. Plus ein Präzisionsgewehr mit Zielfernrohr.

Die Nachricht von Popovs Krankheit war nicht zu übersehen. Sie wurde, in unterschiedlichen Variationen, mehrmals in den lokalen Medien wiederholt. Theo entdeckte die Schlagzeile beim Frühstück. Er faltete die Zeitung zusammen und ließ sie verschwinden. Kein Grund, seine Frau zu beunruhigen. Wer weiß, wie eng die Familienbande noch waren?

Es gab eines Tages eine Gegenüberstellung:
VORHER/ NACHHER.
Ein Foto von Popov aus besseren Tagen: aktiv auf seiner Superyacht.
Und eines von Popov in seinem Krankenzimmer, über Schläuche mit Maschinen verbunden.
Dazu die Unterschrift: *Wie lange noch?*
Annabelle sah die Fotos. Plötzlich war sie wieder Anastasia.
Gladys hatte das Medien Spektakel verfolgt und die richtigen Schlüsse daraus gezogen. Louis berichtete ihr, dass 2 Frauen, die Anastasia in ungefähr ähnlich sahen, auf der Zufahrt zum Sun Palace von Unbekannten erschossen worden waren.
Stimmt also: Igor hatte eine Falle aufgestellt.

Wenn die echte Anastasia getötet würde, könnten die Gangster niemals gefasst werden. Gladys sowieso schon starker Ehrgeiz wurde neu befeuert. Unter einem Vorwand bat die Praktikantin ihre Chefin um ein Vier- Augen- Gespräch.
In ihrer Ausbildung lief alles gut bis sehr gut. Bei Monsieur Duprés konnte Gladys ihr theoretisches Wissen sehr gut um praktische Erfahrungen ergänzen. Und jetzt die Frage der Fragen. Gäbe es eine Chance für sie, nach abgeschlossener Ausbildung übernommen zu werden? Sie würde lieber weiter auf dem Gut arbeiten, als zurück auf die

Uni zu gehen. Es gefiele ihr sehr gut auf dem Schlösschen.
Das Gespräch zwischen den beiden Frauen wurde privater. Es entfernte sich mehr und mehr vom Beruflichen. Zwischen Annabelle und Gladys entwickelten sich eine Menge Sympathien. Wohin damit? War Annabelle immer noch Gladys anvisierte Beute? Oder hatte sie zur Schutzbedürftigen mutiert?
Freundinnen, die sich gegenseitig belauerten? Es gab wieder eine Nachricht von einem Schussopfer auf dem Cap Ferrat. Gladys machte Annabelle darauf aufmerksam, dass diese junge Frau ihr sehr ähnelte. Das dritte Opfer seitdem Igor Popov krankgemeldet war. Ein Zufall?
„Ich glaube nicht an Zufälle", äußerte die Praktikantin. Dahinter steckt sicher etwas Sinnvolles. Aber was?"
Sie ließ Annabelle beim Rätselraten allein. Machte sie aber auf das Verbrechen vor ein paar Wochen in Saint Raphael aufmerksam. Die örtliche Polizei hätte extra Verstärkung aus Nizza angefordert.
Hingen die Verbrechen irgendwie zusammen? Nach außen hin war keine Verbindung sichtbar.
Die beiden Frauen hatten den Grund ihres Treffens vergessen. Sie verloren sich in Mordtheorien. Gladys musste sehr aufpassen, sich nicht anmerken zu lassen, dass sie zu viel wusste. Es ging ihr immer noch darum Annabelles Vertrauen zu gewinnen.

War Annabelles wahre Identität tatsächlich Anastasia Popov? Dann könnte sie sie zu den Verbrechern führen.
Genug für heute. Ein letzter Satz, wie eine Warnung: „Duprés macht aus diesem Tresorraum ein offensichtliches Geheimnis". Naja, falls das Schloss irgendwelche Geheimnisse hatte, dann gingen diese die Praktikantin nichts an.

37

REICHE UND SCHÖNE

Gladys und Albert hatten immer wieder Sex in ihrem Hotelzimmer. Albert kam nicht weiter bei seinen Recherchen um die tote Barfrau. Trotz dieser Sackgasse hatten sie immer wieder guten Sex. Albert war stark und fantasievoll.

„Hast du etwas herausgefunden über die Kanadier?“ Das Sprechen fiel ihm schwer, während Gladys ihn ritt. „Und du mit deiner Ermordeten?“ Keuchte Gladys von oben.
„Wir treten beide auf der Stelle... wir könnten ebenso gut im Bett bleiben...“
„Klingt verführerisch...“ Doppelter Orgasmus und Ende.
Zu viel Polizeikontrollen auf dem Cap Ferrat. Die weniger Schönen und die sehr Reichen fühlten sich gestört.
Aber was sollte die Polizei machen? 3 völlig unzusammenhängende Frauenmorde innerhalb von 4 Wochen. Keine Verbindungen außer einer, sehr vagen, Ähnlichkeit der Opfer.
Kein Ansatz, keine Idee. Also Präsenz zeigen, so tun, als hätte man die Situation unter Kontrolle.

38
DIE YACHT

Igor Popov hatte genug davon, für die Presse-Fotografen den Schwerkranken zu spielen. Sein Plan funktionierte nicht. Die Verräterin blieb hartherzig. Sie ließ sich nicht sehen. Es hatte bereits 2 Kollateralschäden gegeben. Das genügte.
Igor ließ die Yacht fertig machen. Eine kleine Tour würde ihm guttun. Heraus aus der Rade von Villefranche und herum um das Cap von Nizza, danach der Hafen und die ewig lange *Baie des Anges*, dann gings vorbei am Flughafen mit den niedrig segelnden Passagiermaschinen aus aller Welt, die Flussmündung des Var, der war früher einmal die Grenze zu Italien gewesen, vor langer, langer Zeit. Und weiter, weiter immer in Sichtweite dieser weltberühmten Küste. Antibes mit der schönen Altstadtsilhouette und dem Picasso Museum. Cannes, mit dem *Carlton*, dem *Martinez* und dem Festival Palast. Die roten Felsen des Esterel Gebirges.

39
LANDGANG

In St. Raphael ließ Igor anlegen. Ein kleiner Landgang.
„Gibt es hier ein gutes Restaurant?“
„Das beste weit und breit. Die Küche hat einen erstklassigen Ruf. Nicht gerade der Gipfel der *Nouvelle Cuisine,* aber bodenständig gut.“
Igor lud seinen Kapitän ein. Das kam nicht alle Tage vor. Ein Bodyguard begleitete ihn sowieso.
Der Rahmen war nicht das, was ein Milliardär gewöhnt ist. Die Wände ein schlimmes hellgrün. Tische und Stühle solide und ohne Wackler und auch ohne Stil. Das Gedeck aus dem gehobenen Supermarkt.
Der Maître war sehr bemüht:
„Wir haben heute eine sehr schöne Languste vom Holzkohlengrill mit einer leichten Vinaigrette aus geschmolzener Butter und Limette?“
Dazu empfehle ich den perfekten Wein, den besten aus der Region. Kanadische Winzer haben das Schlösschen gekauft, die Tradition umgekrempelt und alles besser gemacht. Der Weiße ist perfekt zu Meeresfrüchten.
Wollen sie probieren?“
Gerne ja, lassen sie mich ihr regionales Wunder kosten.“

Der Maître drehte die Flasche, das Etikett nach oben.
Gleichzeitig präsentierte er einen gedruckten Prospekt. Den sah sich Igor, ein wenig gelangweilt, an.
„Das Gut hatte Goldmedaillen gewonnen und 98 von 100 möglichen Punkten erreicht."
Etikette und Medaillen waren abgebildet. Auch ein Foto der Rebstöcke. Auf der Rückseite das Schlösschen in all seiner Pracht. Die stolzen Besitzer posierten vor der Toreinfahrt.
Popov zuckte zusammen. Zwischen den Zähnen:
„Verdammt... Anastasia..."
Zum Maître sagte er gelassen:
„Jawohl gern die Languste und eine Flasche von ihrer Köstlichkeit, plus Wasser selbstverständlich."
Zum Nachtisch gabs eine wuchtige *Tarte Tatin.*

Als er die Kreditkarte durch die Maschine rutschen ließ, fragte Popov ganz nebenbei:
„Glauben sie, dass man dieses Weingut besichtigen kann?"
„Ich melde sie an," sagte der Maître beflissen. „Ich rufe auch ein Taxi."
„Danke, sehr freundlich."

40
BLINDER HASS

Popov saß neben dem Fahrer. Sein Bodyguard und der Kapitän hinten. Popov und der Bodyguard waren bewaffnet. Der Kapitän in Urlaubslaune. Popov war nicht in Stimmung die harmonische Landschaft der Provence zu genießen.
In Popov kochte es. Die Verräterin machte sich ein schönes Leben mit seinen gestohlenen Millionen? Irgendwann, an irgendeinem Punkt war die zärtliche Liebe zu seiner Tochter umgeschlagen in blinden Hass. *Die Familie muss zusammenstehen. Nur das macht ihre Stärke und ihren Erfolg aus.*
So hatte Igor immer gepredigt. So war Igor reich und mächtig geworden.
Und dann tat sich das verwöhnte Töchterchen mit irgendwelchen armseligen Banditen zusammen und betrog den Vater um 250 Millionen. Unverzeihbar! Die Strafe konnte nicht hart genug sein.
Das Winzerpaar erwartete sie vor der Einfahrt zum Schloss.
Popov fühlte den Schock körperlich: *Ja, das ist sie. Das Luder.*
Zu seinen beiden Leuten:
„Geht schon vor, ich komme sofort nach."
Igor musste seine Gefühle unter Kontrolle bringen. Der entscheidende Augenblick rückte näher.

Bodyguard und Kapitän stiegen aus. Igor folgte kurz danach.
Plötzlich war Annabelle wieder Anastasia. Sie erkannte den Bodyguard sofort. Sie erschauerte:
„Theo Vorsicht! Ich geh schon mal ins Haus voran."
Theo und Igor standen sich gegenüber. Aug in Aug. Sie kannten sich nicht. Der Bodyguard und der Kapitän nahmen links und rechts von ihrem Chef Aufstellung. Theo erriet, dass er es mit einer wichtigen Persönlichkeit zu tun hatte. Klugheit und Vorsicht waren gleichzeitig geboten.

Annabelle traf Gladys in der Küche:
„Ein schrecklicher Mann ist am Tor. Vorsicht, Lebensgefahr für uns alle,"
Gladys: „Wieso das?"
Annabelle: „Erkläre ich später."

Igor war ins Haus gestürmt. Die Waffe in der Faust. Gladys erwischte eine Eisenpfanne. Sie schlug Igor die Pistole aus der Hand. Dann ein zweiter Schlag auf den Kopf. Igor sah weiße und schwarze Kreise. Er stürzte auf die Fliesen. Jetzt war alles schwarz. Jetzt endlich war der Bodyguard zur Stelle. Gladys bedrohte ihn mit ihrer eigenen Pistole:

„Waffe fallenlassen und hinsetzen."
„Mit dem Fuß wegschieben zu mir. Danke."
„Annabelle kannst du den fesseln?"

Annabelle: „Bin nicht geübt. Aber ich zerre so fest, wie möglich."
Gladys: „Gut, dann mach mal."

Sie schickten den Kapitän mit dem Taxi zurück.
„Der Boss lässt ihnen sagen, die Mission ist schiefgelaufen. Bringen sie die Yacht zurück ans Cap Ferrat. Er kommt nach. Los, los."

Igor war nur bewusstlos, nicht tödlich verletzt. Er und sein Bodyguard wurden in einen leeren Kellerraum gesperrt. Nicht den Tresorraum, versteht sich.
Die Ereignisse hatten sich überschlagen. Unversehens fand sich Gladys auf der Seite der Verbrecher. War sie selber zwielichtig?

41
LOKALRUNDEN

Annabelle und Theo waren erleichtert, Igor Popov in ihrer Gewalt zu haben. Jetzt erstmal feiern.
Gladys und Albert schlossen sich an. Das Schlösschen in den *Villages d'Or* verbarg jetzt einen doppelten Schatz:
In einem Kellerraum 250 Millionen, im anderen einen russischen Milliardär. War das keine explosive Mischung?
Gladys saß zwischen allen Stühlen.
Offiziell war sie wieder Polizistin, stand also auf der Seite der Guten. Sie hatte den Mord an Annabelle/Anastasia verhindert. Das war die richtige Entscheidung gewesen. Aber hatte sie sich damit nicht auf die Seite der Geiselnehmer gestellt? Ein sowohl legales, wie moralisches Problem.
Erstmal den Kopf frei kriegen.
Sie gingen feiern bei Jean Baptiste. Zu Viert. Theo und Annabelle, Gladys und Albert. Sie reduzierten die Weinreserve des Bistrots gewaltig. Annabelle war in Stimmung. Sie schmiss eine Lokalrunde nach der anderen.
„Habe ich dir doch gesagt, die Schlossherren sind nett."
Sehr feucht-fröhlicher Abend bei Jean Baptiste. Der fragte:
„Was feiert ihr?"

„Uns geht's gut. Ist das kein Anlass?" Fragte Theo.

Annabelle hatte rote Flecken auf den Wangen und wässrige Augen. Ihre Stimme lief ein wenig aus dem Ruder, als sie Theo zurief: „Verrat nicht zu viel, mein Liebling."
Gladys: „Braucht vor uns keine Geheimnisse zu haben."
Annabelle: „Jean Baptiste, mach noch ‚ne Flasche auf. Heute geht alles auf mich."
Sie wurde immer lauter. Ein Finger auf die Lippen:
„Oh, wenn ihr wüsstet..." Geheimnisvolles Augenverdrehen.
Theo spürte, seine Frau war hart an der Grenze. Daher Themenwechsel:
„Dieses Jahr wird unser Roter hervorragend. Der beste, den wir je hatten. Jean Baptiste, stell dich auf neue Preise ein."
„Aber das ist nicht der einzige Grund zu feiern. Annabelle und ich haben heute einen wichtigen Sieg errungen..."
Gladys beteiligte sich nicht. Sie lauschte aufmerksam. Würde ihr Mosaik sich zu einem Bild vervollständigen?
Sie wagte sich aus der Deckung:
„Sieg? Habt ihr das Finanzamt besiegt?"
„Dann seid ihr gute Franzosen geworden!"
„Nein" quietschte Annabelle. „Wir haben die Vergangenheit besiegt."

42
MATROSENMÄDCHEN

„Bravo, Leute, mischte der sonst stille Albert sich ein. Nichts ist wichtiger als die Vergangenheit hinter sich zu lassen.“
„Oh, der Philosoph“, meinte Gladys. Es schwang so etwas wie Mitleid in ihrer Stimme mit.
Alle ahnten, dass sie sich auf dünnem Eis bewegten. Sie wollte die Situation noch nicht auf die Spitze treiben. Dies war nicht der Rahmen für die Auflösung des komplexen Problems.
Theo und Annabelle gingen nach Hause, um Säfte auszutauschen. Das Gleiche wollte Gladys aus Albert pressen.

Währenddessen im Kellerverließ:
Igor Popov schäumte vor Wut:
„Wofür bezahle ich dich eigentlich, Sergei?“
„Ich bin dein bester Sicherheitsmann, Boss.“
„Warum sitze ich dann, mit gefesselten Händen im Keller?“
„Keine Sorge Boss, ich bringe dich hier wieder raus.“
Ihre Augen hatten sich an die Dunkelheit gewöhnt. Sie sahen bereits unscharfe Umrisse.

„Boss, ich arbeite an einem Plan. Bald sind wir draußen und zeigen den Amateuren wo es langgeht.“ Igor brummelte etwas Unverständliches.

Annabelle und Theo waren zurück im eigenen Schlafzimmer. Der Boden schwankte, aber sie hielten sich aneinander fest.
Theo war entspannt und doch gleichzeitig ärgerlich: „Du hättest uns heute fast verraten. Du warst nah dran.
Der Wein tut dir nicht gut.“

„Du musst reden... bist selber besoffen, wie ein Matrose in einer Spelunke auf Sansibar...“
„Komm, sei mein Matrosenmädchen für die Nacht.“
Er riss ihr das Kleid vom Körper. Sie schmiss ihre Unterwäsche irgendwo hin.
Jetzt konnten sie diesen ereignisreichen Tag abrunden. Der Sex in einem Schwebezustand zwischen Bedrohung und Sieg war großartig.

43
VERLIESS

Igor war nicht fertig mit seinem Sergei:
„Mach schnell. Ich muss hier raus. Ich habe zu tun."
Popov dachte an sein *Communication Center* auf der Yacht. Er wollte seine wertvolle Zeit nicht mit Nichtigkeiten an dieser langweiligen Küste vertrödeln. Von der Yacht aus zog er die Strippen in alle Welt. Die Ukraine war zum Spielball der Großmächte geworden. Russland und die USA kämpften um die Vormacht in Europa. Die Ukraine war lediglich Vorwand. Igors Unternehmen gerieten zwischen die Fronten, wenn er nichts unternahm.
Igor hielt sich für einen Global Player und war auch einer.
Gegenüber dem globalen Einfluss, den Popov über die Ukraine hatte, waren die 250 Millionen und die Verräterin Anastasia Peanuts. Eine junge Frau ohne Rückgrat. Entweder jetzt oder etwas später, er musste sie beseitigen. Schon damit sich der Tumor nicht tiefer in seine Familie fraß. Besser ein krankes Glied zu amputieren, als den ganzen Körper zu vergiften.
„Sergei, wo bleibt dein Plan und seine Ausführung?"
„Wenn die uns Essen bringen, mach ich sie fertig."
Die Herrschaften im Schloss hatten ihre Gefangenen im Keller fast vergessen.

Theo und Annabelle hatten sich im Schlafzimmer gestritten.
Theo: „Das wäre fast schiefgegangen. Dein Vater hat dich erkannt. Er wird versuchen uns zu töten."
„Was redest du? Mein Vater liebt mich. Er würde mir kein Haar krümmen. Du bist der Verführer seiner unschuldigen Tochter. Dich wird er mit Vergnügen aufschlitzen.
Übrigens, wir müssen den Gefangenen zu Essen und zu Trinken bringen. Nicht dass sie uns verrecken..."
„Machst du ihnen ein *Cassoulet*?"
Köchin Beatrice kochte etwas einfach Leckeres. Und Wasser. „Keine Glasflaschen," sagte Theo. „Die können zu Waffen werden. Plastikflaschen sind OK."
Falsch geplant und schlecht ausgeführt:
Bodyguard Sergei hatte nicht mit der Nachhut, bestehend aus einer bewaffneten Praktikantin, die außerdem im Nahkampf bestens ausgebildet war, gerechnet.
Das Essen kam, zu Trinken auch. Das kanadische Paar konnte er in Schach halten. Abba zu früh gefreut. Die Praktikantin Gladys zückte eine Pistole, gegen die Sergei machtlos war.
Sergei wurde rücksichtslos gefesselt. Der Kabelbinder schnitt ins Fleisch.

44
KONFLIKT

Ab jetzt brachten die Gutsherren ihre beiden Gefangenen in getrennten Räumen unter. Gut, dass das Schlösschen so großzügig unterkellert war.
Sie standen wieder und noch tiefer in Gladys Schuld.

Zwischen Schuld und Pflicht.
Gladys befand sich im größten Zwiespalt ihrer bisherigen Karriere. Noch hatte sie keine festen Beweise. Trotzdem war Gladys sich sicher, dass die beiden Kanadier ein falsches Spiel spielten. Waren sie der gesuchte Geiselnehmer und seine Geisel aus Villefranche? Gladys war sich sicher. Das war mehr als ein vager Verdacht. Allzu viele der Mosaiksteine passten zusammen. Und trotzdem konnte sie noch nichts stichfest beweisen.
Warum hätte Igor Popovs sonst in blinder Wut versucht, die junge Frau zu töten? Auf der anderen Seite: Tötet ein Milliardär seine eigene Tochter wegen 250 Millionen?
Gladys schwamm in Vermutungen und Anzeichen. Sie hatte nichts, womit sie Louis Renaud oder den Untersuchungsrichter überzeugen konnte.
Sie musste weiter recherchieren. Glücklicherweise hatte sie Zugang zum Netzwerk des *Commissariat Central* in Nizza. Eines der Privilegien, die Louis ihr zugestanden hatte.

Gladys fühlte sich zwischen Hammer und Amboss. Auf wessen Seite stand sie? So kompliziert konnte es nicht sein. Schließlich war ihre Position ganz klar auf Seite des Gesetzes. Dieser Fall hatte 2 Seiten, welche war die ihre?
Popov hatte eindeutig das Leben der jungen Kanadierin bedroht. Das war ein Fakt. Sie hatte es selbst gesehen. Bedrohte vor Tätern zu schützen gehörte zu Gladys Berufsbild. Klar.
Aber war die „Kanadierin“ Bedrohte oder Täterin? Kein Zweifel, Gladys musste tiefer graben, um Beweise zu finden.
Die Kanadierin war eine freundliche und zuverlässige Arbeitgeberin für die Praktikantin. Gladys wohnte weiterhin im Gasthof von Jean Baptiste. Das Zimmer war in Ordnung, eine bessere Absteige, in der sie ab und zu Albert zur Befriedigung ihrer sexuellen Bedürfnisse empfing. Jetzt, da Gladys Stellung zur Behörde geklärt war, tauschten die beiden sich zwischen 2 Orgasmen auch über Berufliches aus.
Albert kam mit seinem lokalen Fall nicht weiter. Alle Spuren führten in die gleiche Richtung: ins Leere. Niemand hatte das Nummernschild des Land Rovers notiert. Das Auto war schwarz, wie die meisten Land Rover. Die beiden Täter waren Unbekannte, von denen es nur widersprüchliche Beschreibungen gab. Zeugen waren unpräzise. Zeugenaussagen sind den meisten Polizisten ein Gräuel. Die Leute bemerkten nur das Unwesentliche

und übersahen alles Wichtige. Dazu das Jammern über die Hitze und dass die Luft flimmerte. Die Gangster schienen keinerlei Verbindung zu ihrem Opfer gehabt zu haben. Die Barfrau hatte augenscheinlich in einem luftleeren Raum gelebt. Keine zweifelhaften Verwandten oder Bekannten. Alles spießbürgerlich sauber.
Ein Auftragsmord.
Aber wer hatte den Auftrag gegeben?
Die Polizisten aus Nizza hatten einen Verdacht: Popov? Wegen der Ähnlichkeit der Bardame mit Anastasia, der Verräterin. Popov wurde im Keller des Schlösschens einigermaßen am Leben gehalten. Er war brandgefährlich, das wussten seine Bewacher. Auf dem Cap Ferrat machte man sich Gedanken über die lange Abwesenheit des Chefs. Na gut, die Gehälter kamen automatisiert, aber das große Haus war nicht mit Leben gefüllt. Das Kommen und Gehen der Besucher war abgeebbt. Kein Igor, keine Anastasia. Nur die Bediensteten bewohnten die Luxusvilla an der Rade von Villefranche sur mer.
Und doch:
Louis Renaud sandte eine gleichlautende Nachricht an Gladys und Albert. *Es gab eine Entwicklung im Entführungsfall Anastasia Popov. Der Vater des Mädchens war vermisst gemeldet worden. Der Kapitän der Yacht hatte Anzeige erstattet. Popov war zum letzten Mal in Saint Raphael gesehen worden. Bevor die Sache Wellen schlägt, könntet ihr*

vielleicht die Suche nach dem Milliardär in eure Recherchen einbeziehen? Vielleicht waren es die gleichen Täter wie bei Anastasia? Vielleicht legen die sich eine Popov- Sammlung an? Zu welchem Zweck?
Wenn euch dazu etwas auffällt, dann informiert mich bitte.
Gladys stieg von Albert herunter. Sie hatte einen schweißtreibenden Ritt hinter sich.
„Erstmal duschen, danach reden wir über die Arbeit."

45
CIA KONFERENZ

Sofa Antipolis, die Retortenstadt im weichen Hinterland von Antibes sollte ein europäisches Silicon Valley werden. Alle großen Forschungsinstitute betrieben dort Labore oder Think Tanks. Kein Wunder, dass auch die CIA, ganz diskret, eine Filiale unterhielt. Der Deckmantel war ein amerikanisches High-Tech Unternehmen. „Gen-Forschung“ stand auf dem Firmenschild. Dort gab es ein gut eingerichtetes Institut, In dem turnusmäßig Konferenzen abgehalten wurden, die nicht immer etwas mit Gen- Forschung zu tun hatten. Die Agentenfamilie aus dem Vorderen Orient, Nordafrika und Europa traf sich hier.

Horace Jackson, der Resident in Paris, leitete dieses CIA Zentrum für Europa und den Vorderen Orient. Dass ein russischer Milliardär und seine Tochter an der Côte d'Azur spurlos verschwunden waren, kam auch Horace zu Ohren. Er legte einen Ordner an. *Man kann nie wissen. Eine internationale Verschwörung, die auf extrem Reiche abzielte, könnte auch amerikanische Bürger oder „Saudi-arabische Freunde“ treffen. Besser sich informieren und vorsorgen.*

Horace hatte Mitarbeiter in allen europäischen Hauptstädten und zusätzlich in Tripolis, Benghasi, Tunis, Algier, Rabat, Beirut und Kairo, nicht zu vergessen Tel Aviv und Amman. Eine Routine Konferenz stand an. Horace ließ ein knappes Schriftstück verbreiten, in dem er seine Leute bat, die Augen und Ohren offen zu halten.

Nein, der Fall der beiden Popovs hatte noch keine Priorität. Aber man weiß nicht, wohin er sich entwickeln kann. Immerhin war Popov ein Global Player in der Rüstungsindustrie.

Damit stieg ein neuer Spieler in Gladys, jetzt schon unübersichtliches, Spiel ein. Die CIA war ein Ungeheuer mit weit verzweigten Tentakeln, das überall in der Welt Einfluss nahm und das Politiker nach Belieben steuerte.
Nach wenigen Wochen hatte Horace erste Ergebnisse.
Nein, da war kein klares Bild. Aber seine Schnüffler hatten herausgefunden, dass das Epizentrum dieses kleinen Bebens auf Sardinien war. Von dort gab es Verbindungen an einige geografische Orte, die nichts gemeinsam hatten. Ganz vorne weg die mittelalterliche Zitadelle von Villefranche sur mer an der Côte d'Azur. Eine dünne Verbindung lief auch nach Genua und zurück. Ein Weingut zwischen Frejus und St. Raphael schien ebenfalls eine Rolle zu spielen und die Milliardärs Villa „Sun Palace" auf dem Cap Ferrat Horace verschanzte sich für72Stunden in seinem *Communication Center*. Dann hatte er einen Schlachtplan.

46

DURCHSUCHUNG

Horace hatte an die Zentrale nach Langley berichtet. Er hatte sich vage aber im professionellen Jargon ausgedrückt. *Ja, unser Mann in Paris ist ein wahrer* Wachhund. *Dem entgeht nichts.* Horace erhielt umgehend Antwort. Das Schlösschen sollte durchsucht werden, ordneten die Hohen Herren von Langley an.
Horace schwebte in einem Privatflieger auf dem kleinen Flughafen von *Cannes Mandelieu* ein. Er hatte seine rechte Hand Jack Collins im Gepäck. Horace selber war zum Bürohengst mutiert. Die Feldarbeit wurde ihm zu gefährlich. Im Irak Krieg hatte er noch selber mitgearbeitet, getötet, sabotiert, geschossen und gebombt. All das was notwendig war, um den Frieden zu erzwingen.
Ein unauffälliger Leihwagen brachte sie zum Schloss. Unangekündigt klingelten sie am Haupttor.

„Sie sind Herr und Frau Materasso?"
„Ja, und sie sind?"
Gladys, die Praktikantin, war dazu gekommen.
„Wir durchsuchen ihr Anwesen. Hier ist der Durchsuchungsbefehl. Offiziell unterzeichnet von meinem Abteilungsleiter Jeff Kaans bei der CIA."
Gladys mischte sich ein:

„Darf ich mal sehen? Ich bin von der französischen Polizei."
Sie überflog das Schreiben. Dann:
„Meine gute Erziehung verbietet mir, ihnen zu sagen wo hinein sie sich diesen Wisch schieben dürfen. Ihr Schreckensverein terrorisiert den Vorderen Orient, Mittel- und Südamerika, Afghanistan, Mali, den Sudan und viele andere Länder. Bei uns geht da nix. Hier sind sie als fremdländische Gäste geduldet, so lange sie sich benehmen und ihre Rechnungen ordentlich bezahlen. Befugnisse haben sie NULL.
JETZT RAUS MIT IHNEN"
Gladys Ansage war unmissverständlich.

Horace mit der Überheblichkeit seiner Firma im Rücken:
„Junge Frau, spielen sie sich nicht so auf. Was will ihre popelige Regierung in einem ollen Palais in Paris gegen die weltweit aufgestellte CIA erreichen?"
„Noch ein Wort und sie verlieren ihren Diplomatenstatus. Kommen sie gern mit einem französischen Durchsuchungsbefehl wieder. Bis dahin Tschüss."

47
AGATHA CHRISTIE

Theo und Annabelle staunten nicht schlecht. Ihre Praktikantin hatte es faustdick hinter den Ohren und nicht nur dort.
Sie beobachteten, wie das Auto wendete und in einer Staubwolke verschwand.
„Was hast du uns verschwiegen, Gladys?"
„Wir müssen reden," sagte Gladys. „Können wir uns in den Salon setzen?"

Das Machtverhältnis zu ihren Arbeitgebern hatte sich zu Gladys Gunsten umgekehrt. Sie saßen in den bequemen Sesseln um den Glastisch.
Annabelle fragte fröhlich:
Kaffee, Tee oder Wein?"
Pastis war im Hause der Winzer verpönt.
Cecilia, die Haushaltshilfe, brachte auch Knabber-Zeug dazu.
Gladys:
„Auf diesem schönen Weingut gibt es zu viele Geheimnisse. Das ist wie bei Agatha Christie.
Wir haben alle etwas aufzuklären. Ich habe mich bereits geoutet. Unter dem Deckmantel der Studentin bin ich auch Ermittlerin. Ich ermittle in einem Fall der Geiselnahme, die bereits einige Jahre zurück liegt. Sieht aus, als wäre ich der Lösung sehr

nahe. Wer sind die beiden Gefangenen in eurem Keller?“
Theo: „Einbrecher, die uns bedroht haben.“
Gladys: „Warum seid ihr nicht zur Polizei gegangen?“
Annabelle: „Wir haben ein unwohles Verhältnis zu Behörden. Als Ausländer weiß man niemals genau, ob alle Papiere in Ordnung sind.“
Gladys: „Klingt gut, ist aber nicht überzeugend.“
„Leider muss ich euch verhören. Ich habe einen Kollegen in dieser Region. Was dagegen, wenn ich ihn hinzuziehe?“

48

VERTRAUEN

Theo und Annabelle im Chor: „Nix dagegen. Wir haben nichts zu verbergen."
Gladys telefonierte, Albert war eine halbe Stunde später da.
Jetzt waren sie das perfekte gemischte Doppel. Die beiden anderen wussten, dass Albert und Gladys irgendwelche Polizisten waren. Aber wer waren Theo und Annabelle?
„Wir müssen alle 4 unsere Karten auf den Tisch legen. Nur dann kommen wir voran." Das waren Gladys kluge Worte.
Theo: „Annabelle und ich möchten uns kurz draußen besprechen. Ist das OK? Wir haben eine schwierige Entscheidung zu treffen."
„Gut; 10 Minuten, danach machen wir hier weiter."
Annabelle und Theo verließen den Raum in Richtung Küche. Gladys folgte ihnen mit kleinem Abstand. Albert ging durch die Glastür in den Garten und ums Haus herum.
Aber nein, die Kanadier flüchteten nicht. Sie stiegen die Stufen zum Keller hinab. Sergei ließen sie in seiner Zelle. Aber Igor drängten sie mit einer Waffe die Treppe hinauf.
Gladys: „Haben sie einen Waffenschein?"
Annabelle: „Später, jetzt haben wir Wichtigeres!"

49
KONFERENZ

Annabelle, hochaufgerichtet:
„Alle unsere Hausgäste setzen sich jetzt bitte."
„Darf ich vorstellen: Igor Popov, Oligarch und russischer Milliardär.
Ich bin seine Tochter Anastasia."
„Schön, jetzt sind wir komplett." Antwortete Gladys.
Igor Popov war sauer, er motzte:
„Ist ihnen aufgefallen, dass ich der Einzige bin, der mit einer Waffe bedroht wird?
So geht das nicht!"
Trotz seines fortgeschrittenen Alters schnellte Popov aus seinem Sessel. Er schlug Annabelle die Pistole aus der Hand und knallte ihr Eine mit voller Wucht:
„Ein bisschen Respekt für deinen Vater, junge Frau".
Er saß schon wieder, bevor Gladys aufspringen konnte. Albert hatte die Waffe aufgehoben. Theo tröstete seine Annabelle mit einem Kuss auf die Stirn. Annabelles Wange brannte. Ihr Vater hatte einen kräftigen Schlag.
Gladys: „Jetzt beruhigen wir uns alle wieder. So kommen wir nicht aus diesem Schlamassel heraus."
Die Tür flog auf:
Sergei, in jeder Hand eine geladene Waffe.

Keine Zeit zum Überlegen. Gladys und Albert, Theo und Annabelle schnellten aus ihren Sitzen. Bevor Sergei abdrücken konnte, hatte er Alberts Faust im Gesicht. Handgemenge, wuchtige Schläge, Gladys kämpfte mit Händen und Füssen. Möbel gingen zu Bruch, Drohungen. Gestöhne, Schreie ohne Schalldämpfer. Auch Albert und Gladys waren bewaffnet. Eine Schlägerei wie im Kino. Ja, das war der reinste Actionfilm.4 gegen 1. Am Schluss blutete Theo. Sergei hatte eine Waffe verloren. Gladys hielt ihm ihre Pistole an die Schläfe. Albert trat ihm in die Kniekehlen.

„Auf den Boden. Jetzt!"
„Boss ich rette dich!"
Albert fixierte Sergei mit Kabelbinder.
Annabelle und Theo schnappten sich 2 Waffen und den überraschten Igor Popov. Annabelle drängte ihren Vater in ihr kleines Auto. Theo stieg zu.
Ab ins Strandhaus. Die Fahrt war unkompliziert. Annabelle fuhr. Theo drückte Popov die Waffe ins Genick.
Das Strandhaus war einfach möbliert. Wie Strandhäuser möbliert sind. Schlafzimmer, Essplatz, Küche. Nach dem Schwimmen war die Dusche das Wichtigste. Dann Siesta und eine Runde Vögeln. Schlafen, Abendessen und Gutenacht. So lief das Leben im Strandhaus. Es brauchte keine teuren Stil Möbel, keine ausgefallenen Kunstwerke. Ein einfacher Rahmen für die Konferenz mit Igor Popov.

Vor dem Fenster eine schmale Dünenlandschaft, dann der Strand und das ewig blaue Meer der Côte d'Azur für das viele Franzosen, und nicht nur die, so weit reisten. Ein paar weiße Segel punktierten es. Ein Bild wie von Raoul Dufy. Herrlich! Wenn sie aus dem breiten Fenster sahen, vergaßen sie für einen Moment den Stress der Situation.
Annabelle begann:
„Wollen wir uns gegenseitig die Schädel einschlagen? Oder gibt's eine friedliche Lösung, Papa?"
Popov grummelte etwas Unverständliches. Schlussendlich kamen ein paar klare Worte:
„Eine Tochter, die ihren eigenen Vater betrügt, ist eine Schande. Damit kann ich nicht leben..."
Eric: „Herr Popov, lieber Schwiegervater, ich muss mich vorstellen. Ich bin Eric Brossard. Ich bin der rechtmäßige Ehemann ihrer Tochter. Wir haben ein gutes Fläschchen in der Küche. Wollen wir nicht anstoßen?"
„Der Junge hat Eier in der Hose," sagte Igor zu seiner Tochter, als Eric loszog um Flasche und Gläser zu holen.
„Stimmt, Papa, darum habe ich ihn geheiratet."

50
FAMILIENDRAMA

Vor dem Fenster eine schmale Dünenlandschaft, dann der Strand und das ewig blaue Meer der Côte d'Azur, für das viele Franzosen, und nicht nur die, so weit reisten. Ein paar weiße Segel punktierten es. Ein Bild, wie von Raoul Dufy. Herrlich! Wenn sie aus dem Fenster sahen, vergaßen sie einen Moment den Stress.
Annabelle begann:
„Wollen wir uns gegenseitig die Schädel einschlagen? Oder gibt's eine friedliche Lösung, Papa?"
Das schlichte Strandhaus war, glücklicherweise, besser versorgt, als Igor ursprünglich angenommen hatte. Da waren mehr gute Flaschen, als gedacht und einige Vorräte. Sehr feiner roher Schinken hing von der Decke in der Küche. Zum Knabberzeug zauberte Anastasia einen feinen Dip. Es war alles da. Die Stimmung blühte auf, wie die Blumen in der Sahara nach dem Regen.
Es wurde ein feuchtfröhlicher Abend. Das Gespräch lief flott hin und her. Ein Glas ging beim Anstoßen in die Brüche.
Es stellte sich heraus, dass die Ansichten der Materassos und Igor Popovs gar nicht weit

auseinanderlagen. Nach der dritten Flasche versöhnten sich Vater und Tochter. Sie fielen sich in die Arme. Annabelle schluchzte:
„Papa, es tut mir soo leid."
„Mädchen, ist ja alles guuut."
Auch Igor hatte feuchte Augen. Ihm fehlte lediglich der eiskalte Wodka. Ansonsten hatte seine Welt ihr Gleichgewicht wiedergefunden.
Igor Popov war es gewöhnt, schwierige Verhandlungen zu führen und Lösungen herbeizuführen. In seinem Gehirn keimte eine Idee. Noch war die ein unscheinbares Embryo einer Idee ohne Konturen. Seine hart trainierten Gehirnzellen gaben dem Embryo nach und nach, klarere Formen. Eric und Anastasia bemerkten kaum, dass sie manipuliert wurden. Lediglich, dass das Gespräch in eine angenehme Richtung lief. Sie nutzten wieder ihre ursprünglichen Namen. Das Versteckspiel hatte ein überraschendes Ende genommen.

51
EXPANSION

Noch 2 Flaschen beste Schlosslage und sie konnten ihre Entscheidung zusammenfassen. Igor und Anastasia hatten die Hauptrollen bei dieser Verhandlung übernommen. Eric war privilegierter Zuhörer. Die gemeinsamen Gene von Vater und Tochter hatten zielführend geholfen.
Annabelle fasste zusammen:
„Die Popovs und die Materassos sind nicht verfeindet. Sie ziehen am gleichen Strang. Igor Popov leitet sein Firmen Imperium, wie immer. Er ist und bleibt ein Global Player. Die Materassos sind eine kleine Filiale, eingebunden in das Netzwerk des Popov- Imperiums. Die Materassos beteiligen sich mit einem Eigenkapital von 250 Millionen. Hauptsächlich bauen sie Wein in der Provence an. Wie sich das Geschäft entwickeln wird, ist nicht vorherzusehen. Bisher läuft es gut. Die Materassos haben vollkommende Freiheit ihr Geschäft aus zuweiten, so lange sie den Belangen Popovs nicht im Wege sind. Wo immer die beiden Unternehmen können, unterstützen sie sich gegenseitig.
Igor Popov hebt den Schießbefehl auf dem Cap Ferrat auf. Annabelle und Eric sind gern gesehene Gäste im Sun Palace. Popov zieht ebenfalls seine Strafanzeige gegen „Unbekannt“ wegen Entführung zurück. Eine Entführung hat es niemals gegeben.

Ein einfaches Missverständnis: Die Tochter Anastasia ist mit ihrem Geliebten auf Reisen gegangen, um heimlich zu heiraten.
Eric fertigte ein formloses Schriftstück, das die Einigung zusammenfasste. Je eine Kopie blieb in den Tresoren der beiden Unternehmen.
Nein, es war weder eine feindliche, noch eine freundliche Übernahme. Es war der zwanglose Zusammenschluss zweier Unternehmen zum Wohle aller Beteiligten.

52

ANBAU

Die Materassos prosperierten. Sie kauften Nachbargrundstücke dazu, variierten ihre Rebsorten je nach Bodenqualität. Nach einigen Jahren standen sie auf 2 Standbeinen. Den ursprünglichen Anbau hatten sie immer weiter verfeinert, bis sie einen sehr hochklassigen Wein produzierten. Auf den großen Flächen machten sie gute Massenproduktion, die bald in den Strandrestaurants zum Standard wurde. Das Weingut war rentabel, obwohl sie brav ihre Steuern bezahlten. Als sich Nachwuchs ankündigte, ließ Theo einen Bagger kommen. Im sonnigen Garten wurde ein großes Loch ausgehoben. Ein Swimmingpool sollte her.
Die Materassos waren zu Millionären geworden, auf vollkommen solide Art. Jetzt wollten wie solche leben.
Die Geheimreserven im Keller brauchten sie nicht mehr anzuzapfen. Die wären eine schöne Überraschung für die nachfolgende Generation.

Die Materassos hatten sich einen guten Platz in ihrer Region erobert. Sie standen auf keiner Fahndungsliste. Sie waren wohlhabende Bürger, die sich ihren Reichtum ehrlich, durch harte Arbeit, erworben hatten. Theo wollte noch höher hinaus. Das Schlösschen, das sie ursprünglich erworben hatten, war im Laufe der Jahre noch komfortabler geworden. Jetzt holte Theo sich einen begabten, jungen Architekten, der das Gebäude, im klassischen Stil erweitern sollte. Theo und Annabelle wünschten sich einen zusätzlichen Flügel, mit großer Halle, die sie für Kulturevents zur Verfügung stellen wollten. Im Vergleich zur glänzenden Côte d'Azur um Nizza, Cannes und Monaco war in ihrer Region nichts geboten. Das wollten die Materassos als Großsponsoren ändern.

53
POMPÖS

Die Bauarbeiten nahmen 2 volle Jahre in Anspruch. Die Arbeiten waren so geschickt geplant, dass sie das Leben im Schlösschen nicht beeinträchtigten. Nachdem das Gebäude fertig gestellt war, wurde ein zusätzliches Jahr für die Innenausstattung notwendig. „*Alles vom Besten*" das war die Devise. Schließlich war im äußeren Rahmen der 18. Jahrhundert Architektur eine hochmoderne Mehrzweckhalle entstanden. Sie konnte sowohl für Kunstausstellungen, wie für Konzerte, Theater oder Ballett genutzt werden.
Die Eröffnung war pompös:
Aus Paris reiste der Kultusminister an. Alle regionalen Offiziellen waren anwesend. Nizza, Monaco und Marseille schickten jeweils eine Delegation.
Die Künstlerprinzen erschienen.
Zur Eröffnung gab es eine große Schau, die den Avantgardisten der *École de Nice* gewidmet war. Die meisten Herren erschienen im Smoking. Der Milliardär Popov war im Weißen Seidensmoking mit roter Fliege. Sehr chic. Die Damen waren meist in Glitzerkleidern, zum Teil mit extrem tiefem Dekolleté. Sie wollten sicherstellen, dass jeder sehen konnte, dass sie keinen BH trugen.

54
RACHSUCHT

Auch der CIA Mann Horace Jackson hatte sich in einen Smoking gezwängt.
Gladys, die zur Kontrolle der Einladungskarten abgestellt war zog die Augenbrauen hoch:
„Was, sie trauen sich in die Höhle des Löwen?"
Horace drängte Gladys in die Garderobe:
„Ich komme für meine kleine Rache".
Er versuchte ihr Kleid hochzuschieben und presste sich an Gladys. Sie spürte, dass er tatsächlich einen Steifen hatte. Gladys reagierte blitzschnell mit einem Handkantenschlag auf seine Halsschlagader. Und:
„Sie spinnen wohl! Pfoten weg."
Zum zweiten Mal war Horace im Schlösschen abgeblitzt. Er knickte in den Knien ein und bekam noch einen Tritt mit Gladys spitzen Schuhen. Sie schimpfte hinterher: „Ami go home!"
Er drehte den Hals um und brüllte:
„Ich schicke die Kavallerie!"
Das tat er.
Der Resident Horace Jackson kannte den Unterschied zwischen möglich und unmöglich sehr gut. Er machte ein schnelles Kalkül. Es war klar, dass er, trotz seines hohen Rangs in der CIA,

keinerlei Verfügungsgewalt über eine französische Polizistin hatte- egal ob im Innen- oder Außendienst.

So blieb ihm als einzige Möglichkeit seine Rachsucht zu befriedigen, diese Gladys mit Dreck zu bewerfen bis sie erstickte. Er setzte alle seine Leute auf diese Frau an. Seine Ermittler, seine Agenten und die Informanten, die gegen kleines Geld für jedermann schnüffelten
Horace war nicht wählerisch. Er wollte alles wissen. Wen Gladys traf, mit wem Gladys sprach, wie hoch ihre Einkünfte waren und wie hoch die Ausgaben. Mit wem fickte Gladys und wen ließ sie abblitzen und warum? Er hoffte etwas zu finden, das ihren Ruf beschädigen könnte
Horace wollte die gläserne Gladys.

Es war ziemlich lächerlich, was seine Schnüffler zusammentrugen. Ja, sie vögelte häufig mit Albert, auch Alphonse war nochmal aufgetaucht. Immer mit Kondom, das milderte die Sache ab. Horace Schnüffler zählten tatsächlich die gebrauchten Kondome in Gladys Müll. Gilbert, der lokale Informant hatte sogar eine Statistik angelegt, mit Daten und Anzahl der Verhütungsmittel, plus Uhrzeit. Von dann bis dann... Auch daraus konnte Horace bei bestem Willen keinen Fall konstruieren. Es blieb unmöglich, Gladys wegen ihres Liebeslebens zu diskreditieren.

Die französische Polizei ist kein Kindergarten, auch kein Aufbewahrungsort für Spießer und keine religiöse Sekte, die sich der Keuschheit verschrieben hat. Horace wusste das. Er musste etwas anderes versuchen.

55
POLITIK

Tatsächlich bildete Horace sich ein, er würde noch gut aussehen für sein Alter. Stimmt. Er hatte kluge graue Augen über stark ausgeprägten Wangenknochen. Die Lippen waren voll. Häufig umspielte sie ein spöttisches Lächeln. Er wusste viel, mehr als die meisten ahnten. Obwohl Horace die Machtverhältnisse dieser Welt voll und ganz durchschaute, war er noch nicht zynisch geworden. Ironisch, ja. Zynisch, nein. Sein Körper war schlank und drahtig. Nicht zu Unrecht vermutete man unter dem gut geschnittenen Maßanzug Sehnen und Muskeln. Seine Feldeinsätze in verschiedenen Kriegen der CIA hatten ihn gestählt. Horace Jackson war gebildet. Er verfügte über einen eleganten Wortschatz in mehreren Sprachen. Es mangelte ihm nicht an Selbstbewusstsein. Er glaubte, trotz des miserablen Startes bei Gladys landen zu können und so, vielleicht, aus nächster Nähe eine hinterhältige Rache vollziehen zu können. Hinterhältig, wie Horace war, machte er sich zuerst an Louis Renaud, den Chef, heran. Er bat in seiner Funktion als CIA Resident um einen Gesprächstermin.

Gut, Renaud empfing ihn. Sie hatten einen Konferenzraum im Commissariat Central für solche Fälle. Die beiden Herren begrüßten sich höflich.

Horace redete nicht lange um den heißen Brei herum.
Er, als Resident der amerikanischen Staatsmacht hatte Sorgen. Vielleicht könne die lokale Polizei ihm helfen, diese zu vertreiben?
„Ein wichtiger Global Player, der russische Milliardär Igor Popov sei im Bereich dieser Polizeistation verschwunden. Seine Tochter soll entführt worden sein. Diese Geschichte, je nachdem, wie die Zusammenhänge waren, könnte Einfluss nehmen auf die Weltpolitik. Waren die Täter Ukrainer? Russen? NATO-Kämpfer? Oder einfache Mafiosi? Er, Horace Jackson wolle der Sache nachgehen, um einen klaren Bericht nach Langley senden zu können. Dann wäre Schluss mit den Gerüchten.
Renaud hielt Jacksons Ansatz für interessant.
„Sie möchten sich in unsere inneren Angelegenheiten mischen? Gut, wir sind Freunde, wenn auch nicht so enge, wie sie und die Deutschen. Gut, ich will höflich sein: sie dürfen hier nicht ermitteln. Wir geben, schenken, leihen ihnen gern ein paar Informationen. Inoffiziell und vielleicht? inkomplett?
Ein Plauderstündchen bei gutem Essen sei ihnen gewährt. Ich frage 2 meiner besten Leute, die mit dem Fall vertraut sind, ob sie sich mit ihnen treffen wollen. Ihre Handynummer?
Wir rufen sie an.“

Gladys amüsierte diese Idee. Sie bat Albert, sie als Anstandswauwau zu begleiten. Das Treffen fand an dem *Place Garibaldi* in Nizza statt. *Café de Turin.* Täglich wurden mehrmals frische Meeresfrüchte eingeflogen. Austern, eiskalt, in allen Größen und von allen Sorten. Langusten fangfrisch aus dem Mittelmeer. Kleine, aber perfekte Auswahl von passenden Weinen.
Der große Garibaldi schaute von seinem Marmorsockel herab auf ihre Teller. Hier war er geboren worden, an diesem rechteckigen Platz, gesäumt von klassischen Gebäuden aus dem 18. Jahrhundert. Von hier aus war er losgezogen um die gestückelten italienischen Königreiche zu einer Republik zu vereinen.
„Mal sehen, was unser Ami zu erzählen hat?“
Horace war enttäuscht, dass Gladys in Begleitung gekommen war. *Vielleicht könnte er seinen unüberwindlichen Charme nicht voll ausspielen? Er würde sein Bestes versuchen.*
Horace begann, sobald sie saßen: „Wir hatten einen rauen Start voller Missverständnisse. Ich möchte mich entschuldigen. Ich möchte das Kriegsbeil begraben, so rasch wie möglich.“
Gladys hatte ein Lächeln auf den Lippen, als sie antwortete:
„Ein Begriff der Ureinwohner ihres Landes, die sie ausgerottet haben. Ein Grund mehr, vorsichtig mit ihnen zu sein,“

„Ansonsten ist alles in Ordnung, solange sie auf ihrer Seite des Tisches bleiben, Horace. Sie sind Gäste in diesem Land, bitte verhalten sie sich so. Übrigens, um das gleich klarzustellen: die Rechnung des heutigen Essens übernehme ich. Sie sind mein Gast."
Zwischen Wein und Austern rückte Horace ungeschickt eine Serviette zurecht. Dabei legte er eine Hand, wie zufällig, auf Gladys.
„Ich fürchte, Herr Amerikaner, dies ist wieder eine Invasion in fremdes Territorium. Kämpfen sie lieber mit den Weichtieren in der Schale."
„Oh, Entschuldigung, hatte ich gar nicht bemerkt."
Hatten sie wohl auch nicht bemerkt, dass sie in Afghanistan, dem Irak, Libyen, Sudan und Mali waren. Bei mir klappt's nicht."
Deutlicher gings nicht. Horace zuckte zurück. Ein kurzer Fluch zwischen den Zähnen und die Invasion war gestoppt.

56

VERKLEIDUNG

Auf dem Rückweg vom Restaurant baute Horace einen Unfall. Der Alkoholtest war positiv. Der Führerschein war weg. Der Resident der CIA musste einsitzen. Er telefonierte mit Botschaft und Konsulat. Louis Renaud blieb hart. Er hatte seine Anweisungen von Gladys.
Horace fluchte in guter alter Cowboy Manier. Es half nix. Die Zellentür blieb zu.
Es dauerte nicht allzu lange.
Nach seiner Entlassung flog Horace nach Paris zurück,- nicht ohne gedroht zu haben, dass seine Regierung durch seinen Botschafter entsprechende Maßnahmen ergreifen würde. Die Übergiffigen an der Côte d'Azur würden seine Macht zu spüren bekommen.
In Paris wählte Horace Jackson aus seinem reichen Fundus eine erstklassige Perücke und einen passenden Bart aus. Auch farbige Kontaktlinsen setzte er ein.
Sein Spiegel bestätigte ihm: Er war nicht wiederzuerkennen. Ein völlig unterschiedlicher Typus.
Mit einem neuen Mietwagen machte er sich auf die Fahrt an die Mittelmeerküste.

Er blieb immer auf der Autobahn. Horace hielt sich sogar an die Geschwindigkeitsbegrenzung. Er wollte nicht unnötig auffallen. Jetzt war er einer der vielen Alleinreisenden, die in Richtung Sonne fuhren. Immer auf der A8. Bei Lyon war schon ein gutes Teilstück geschafft. Die Landschaft war links wie rechts harmonisch. Jetzt gings immer an der Rhône entlang. Die endlosen Felder der Cavaillon Melonen, Obst und Gemüse Anbau. Kurze Stopps an den Mautstellen. Orange, Avignon und sein Papstpalast. Ab hier konnte er das Mittelmeer förmlich riechen. *Aix en Province,* das ohne Paul Cezanne ein Städtchen, wie jedes andere geblieben wäre. Der Verkehr floss ohne Turbulenzen, gleichmäßig. Horace war kein Träumer, er hielt sich für einen Realisten, trotzdem gönnte er sich, in voller Fahrt einen Blick auf Cezannes legendären *Mont St. Victoire.*

57

NACHTCLUB

Horace würde sein Ziel bald erreichen. Jetzt nur noch bei Toulon richtig abbiegen und dann immer an der Küste entlang nach Nizza.
Horace, unter dem Namen Raymond Faber, checkte im Hotel *Méridien* am *Place Albert 1er* ein. Das *Negresco* hätte sein Spesenkonto zerfleddert.
Nach einer guten Nacht und einem ruhigen Tag am Strand, einschließlich ausgezeichnetem Mittag- und Abendessen, ging Horace Jackson am nächsten Abend direkt in jene Disco, in die Gladys zum Tanzen ging. Seine Leute hatten ihn informiert. In der Altstadt von Nizza, *rue Droite,* war immer etwas los. Die Musik laut und rhythmisch. Junge und mittelalte Gäste, extravagante und ihr biederes Gegenstück. Schwule und Heteros. Alle, die sich vergnügen wollten, waren da. Man tanzte wild, ohne sich zu berühren.
Horace entdeckte Gladys sofort. Es war ja kein Maskenball. Er tanzte sich an sie heran. Sein Körper bewegte sich gut im Rhythmus.
Die Musik wurde lauter, immer lauter. Die Melodie war weg. Nur der Rhythmus blieb. Sie zuckten. Schlangenbewegungen.
Horace:
"ich liebe Nizza und die schönen Frauen."
Gladys, misstrauisch: „Kennen wir uns?"

Er: „Oh nein, unmöglich. Bin gerade aus Paris gekommen."
Sie: „Na dan...." Gladys drehte ihm den Rücken zu. Eine freche Hand strich über ihr straffes Hinterteil. Zackige Kehrtwende: "Hände auf den Rücken." Sie presste ihm die Eier. Unterdrückter Fluch. Die Frau war ‚ne Zicke.
Horace: „Ein Getränk zur Wiedergutmachung? Was darf ich bringen?" „Whiskey, irisch, Bushmills, 16 Jahre, ohne Eis oder sonst was."

58
DAS SCHIFF

Als Horace zurückkam tanzte Gladys mit einem anderen. Glattes schwarzes Haar, markanter Dreitagebart, scharfes Profil eines Piraten.

Tatsächlich fuhr Pierre Regatten. Er baute gerade eine neue Rennjacht. Beim Tanz kamen die Informationen nur bruchstückhaft herüber. Der Rhythmus war ohrbetäubend. Horace blieb hartnäckig. Er klebte sich dran. Sie tanzten einen flotten Dreier. Er wollte dazu gehören, unter allen Umständen.
Als Gladys und Pierre genug hatten, gingen sie Arm in Arm von der Tanzfläche. Horace schloss sich, ungebeten, an.
Pierre steuerte sein kleines Auto mit der einen freien Hand die andere war zwischen den Schenkeln von Gladys. Er hielt vor einem Gartentor, etwas außerhalb der Stadt.
An dem Torpfeiler muss ein Lichtschalter gewesen sein. Plötzlich erstrahlte der Garten dramatisch ausgeleuchtet. Mittendrin die dunkle Masse eines Schiffrumpfes. Nicht vergessen, auch wenn's riesengroß wirkt, 2 Drittel versinken im Wasser.
„Der Rumpf aus Stahl ist fertig. Jetzt kommt der Innenausbau. Dann die elektronischen Geräte." dozierte Pierre.

„In ca. einem halben Jahr ist Stapellauf und erstes Training. Im Frühjahr das Rennen. Ich habe gute Chancen."
Gladys war fasziniert. Sie gingen zu Dritt einmal um das Schiff herum, dann zog Pierre Gladys ins Haus. Horace hörte noch wie Gladys fragte:
„Hast du Kondome?"
Danach trollte er sich.
Horace Jackson war hartnäckig. Ein kurzer Flug hin und zurück nach Paris, für eine dunklere Perücke und den passenden Bart. Dann trat er unter neuer Identität nochmals an. Er hatte ins Hotel Plaza gewechselt an der *Avenue de Suede*. Ein guter Traditionsschuppen, in den schon viele Wohlhabende abgestiegen waren. Zum Strand waren es nur ein paar Schritte, auch die Altstadt mit ihrem quirligen Nachtleben war nicht weit. Horace war jetzt Henri Delange, Versicherungsvertreter aus Paris. Er hatte Gladys nicht aus dem Visier genommen. Trotzdem gönnte er sich zuerst ein paar Tage Urlaub. Vorwiegend am Strand. Eincremen, sonnenbaden, schwimmen. Ein kleines Fischfilet mit Salat zum Mittag. Nachmittags leichte Siesta im Sonnenschein, mit Sonnenschirm, immerhin war Horace sehr hellhäutig und würde rasch verbrennen. Nach dem dritten Urlaubstag zog Horace wieder durch die Clubs. Er traf Pierre, der ihn nicht erkannte. Der ihm aber von seiner Regattajacht erzählte.
„Darf man das gute Stück sehen?"

„Nein, nein, nein, ich bin kein Industriespion. Interessiere mich lediglich als Laie für schöne Schiffe.“
Pierre führte seine Jacht wieder vor. Inzwischen waren im Garten, um den Rumpf herum, vorgefertigte Holzteile gestapelt. Die Innereien und das Deck des Rennbootes.
Schade! Von Gladys keine Spur
Es hatte gepasst zwischen Gladys und Pierre. Beide lebten ein unabhängiges Leben, ohne feste Bindungen. Nach einer Woche Intensivvögeln waren sie freundschaftlich auseinander gegangen.
Gladys pendelte zwischen ihrem Traumhaus in Villefranche, dem Büro in der Av. Marechal Foch und dem Weingut in der Provence.
Pierre bereitete sich auf seine große Regatta im Frühjahr vor. Die startete von Brest in der Bretagne. Vorher wollte er reichlich Seemeilen auf dem neuen, etwas experimentellen Schiff heruntersegeln. Danach würde er ganz Spanien und Portugal umsegeln. Erstens, um das Schiff zum Start zu bringen und zweitens, um seine Macken kennenzulernen. Gladys war inzwischen ausgelastet, Gangstern hinterherzujagen.
Was Pierre nicht ahnte:

59

URLAUB ZU HAUSE

Gladys gönnte sich ein paar schöne Sommerwochen in ihrem Adlernest, hoch über der Bucht von Villefranche. Sie genoss jeden Tag. Das begann schon beim Aufstehen. Ihr Schlafzimmer hatte eine eigene kleine Terrasse. Dort nahm Gladys ihr Frühstück ein. Ein kleiner Tisch mit Stühlen, ein kleiner Eisschrank, eine perfekte Espressomaschine und alles andere, was man zum Frühstück braucht. Früh morgens war die Sonne noch mild. Gladys Aussicht reichte vom Felsendorf Eze über das Cap Ferrat die roten Ziegeldächer von Villefranche und seiner Bucht, hinüber zur *Baie des Anges,* Antibes, Cannes, bis zu den roten Bergen des *Esterel* Massivs. Auch das war ihrem Vater gelungen.
Er hatte den besten Punkt auf den Hügeln gewählt, um dort sein Haus hinzusetzen. Würde Gladys an ein Leben im Jenseits glauben, dann würde sie jetzt sagen:
„Danke, Papa".
Sie genoss ihr Frühstück mit Cerealien, Joghurt, Früchten und viel Kaffee. Dann schaute sie nach, ob Yvonne, die Haushälterin schon da war. Sie sprang in den Pool, schwamm ein paar Runden. Dann telefonierte sie mit ihrem Boss Louis Renaud. Gab es etwas Wichtiges? War es nötig, heute in die Stadt zu fahren?

Ja, Louis schlug ein gemeinsames Mittagessen bei Keisuke Matsushima vor. Ein exzellentes japanisches Restaurant, dessen Chef es sich zur Aufgabe gemacht hatte, moderne japanische Fusions Küche mit besten Produkten der Provence zu verbinden.
„Wäre schön, sich mal wieder ganz privat zu unterhalten." Sagte Louis am Telefon. Keisuke war ein Insidertipp für Feinschmecker. Dort gab es keine Massenabfertigung.
Dass Pierre seine Rennjacht nicht versichern wollte, störte den Versicherungsvertreter aus Paris wenig. Vielmehr ärgerte ihn, dass er keinen Tisch bei Keisuke Matsushima reserviert hatte. Gladys war immer noch sein liebstes Ziel. Sie hatte ihn tief in seiner Seele verletzt mit ihren Bemerkungen über seinen Arbeitgeber CIA. Der Krake hatte seine Informanten überall. So wusste Horace Jackson, dass Gladys und Louis beim Japaner speisten. Er hatte alles versucht. Aber nein, Horace konnte das Gespräch der beiden Polizisten nicht mithören. Kein Richtmikrofon in Reichweite und kein Mitarbeiter, der eine Wanze im Brotkörbchen platzieren konnte. Diese Frau war eine harte Nuss zu knacken.

Horace hatte mehrere gute Gründe, sie aushorchen zu wollen. Immerhin schien sie mittendrin zu sein, in dieser geheimnisvollen Geschichte um das Verschwinden der beiden Popovs, Vater und Tochter. *Wir sind's nicht gewesen*, sagte sich Jackson. Also KGB? BND? Die Franzosen? Mossad?
Horace mit dunklen Haaren und dunklem Bärtchen und braunen Augen torkelte durch seinen Urlaub. Er versuchte alles um „zufällig" auf Gladys zu treffen.

60
KUNST ZEITGENÖSSISCH

Jackson verbrachte Tage am *Castel Plage*, jenem legendären Privatstrand unterhalb des Schlosshügels, an dem die Insider sich zur Entspannung trafen. Freundliche Atmosphäre, beste Location und erstklassige Küche hatten diesen Ort, seit Jahrzehnten zum Hotspot gemacht. Die Essenstische standen unter Schirmen im Schatten, wer wollte, bräunte sich auf den Liegen am Strand. Gesprächsstoff gabs immer reichlich, denn hier trafen sich Künstler, Galeristen und Sammler, andere Intellektuelle mit Freiberuflern, die das kulturelle Leben an der Côte d'Azur bestimmten. Ein Amerikaner mehr oder weniger fiel hier nicht auf.
Ein guter Ort, um in entspannter Atmosphäre neue Projekte anzustoßen.
Klar, dass früher oder später, Gladys hier auftauchen musste.
Jackson, in seiner neuen Verkleidung bummelte auch im *MAMAC, Museum Yves Klein*. Es war ihm nicht verborgen geblieben, dass Gladys sowohl eine Kunstkennerin, wie auch eine Kunstinteressierte war. Das Museum Yves Klein versammelte in seinen Mauern die Topwerke der neuen Avantgarde der Côte d'Azur. Angefangen bei Yves Klein, der bereits Ende der Fünfziger die Spießer mit der ersten

Performance der Kunstgeschichte erschreckte, hatte das Museum Spitzenwerke der *Nouveaux Realistes* um Arman, César, Sosno und die anderen zusammengetragen. Gladys Vater hatte als Kunsthändler einigen dieser wichtigen Künstler in die Steigbügel geholfen, als diese noch jung und unbekannt gewesen waren.
Horace Jackson hatte richtig geraten: Gladys genoss es, die Erinnerungen ihrer Kindheit in einem Spitzenmuseum an den Wänden hängen zu sehen.

„Nicht mehr fahrtüchtig." Sagte Horace, als der Gladys vor der Karkasse des *Triumpf Spitfire* des Deutschen Werbekünstlers Charles Wilp entdeckte. Arman hatte den Sportwagen mit ein paar Stangen Dynamit bearbeitet. Jetzt hing die explodierte Karosserie an einer glatten weißen Wand des Museums, betitelt „White Tulip".
„Da haben sie recht, Unbekannter. Aber besser ein bedeutendes Kunstwerk, als ein banaler Gebrauchsgegenstand." Entgegnete Gladys.
„Arman war nicht nur der Meister der Akkumulation, nein, er machte auch aus ganz Alltäglichem Kunst." Er hatte den Mut; Massenprodukten eine völlig neue Bedeutung zu geben."
„Sind sie Künstlerin, Madame, oder Kritikerin oder Sammlerin? Ich bin nur Versicherungsberater, ohne intellektuellen Hintergrund. Henri Delange, mein Name."
Horace fuhr fort:

„Darf ich sie zu etwas Erfrischendem in die Cafeteria einladen? Würde gern lernen moderne Kunst besser zu verstehen…“
Sie nahmen den Fahrstuhl zur Cafeteria. Ein lichter Raum mit hellen Farben und ohne die Nachdenklichkeit zeitgenössischer Kunst.

Jackson gestand sich ein, dass er beim Impressionismus stehen geblieben war. Alles, was danach kam, bereitete ihm Kopfschmerzen. Für ihn war Kunst immer noch ein rechteckiges Bild, das in seinem Rahmen an der Wand hing und das irgendetwas darstellte, das er wiedererkennen konnte
„Die Menschen möchten nicht erkennen. Sie möchten wiedererkennen.“ Zitierte Gladys Pablo Picasso.
Das half Horace Jackson nicht viel weiter.
Dann:

Ein großer Saal mit ca. 2 Kubikmeter buntem Autoschrott auf einem grauen Betonsockel. Geschweißt oder gepresst? John Chamberlain von der US-Westküste oder César aus Marseille?
Müsste man wissen. Sagte sich Gladys. Auch der andere wusste nix. Aber so blieben sie im Gespräch. Die Sache verlängerte sich. Horace wurde übergriffig. Der Kerl glaubte sich alles erlaubt (seine US Amerikanische Mentalität?). Gladys wusste sich zu wehren. In jeder Situation. Im Museum, auf der Straße und zu Hause Er endete in Handschellen. Gladys hatte ihn enttarnt und nackt an die Bettpfosten gefesselt.

61

FLUCHEN UND ZERREN

Jackson zerrte und fluchte. Er fluchte und zerrte. Er fluchte und riss wie wild.
„Das hilft nicht. Sie werden sich verletzen. Dreifach gehärteter Edelstahl. Beste französische Qualität.“
Das Bärtchen war ab und hing locker an einer Klebestelle.
„Soso, der schlimme Mann von der CIA! Diesmal sind sie aufgeflogen. In Venezuela wüten sie noch heimlich. Und wann sind sie im Sudan und in Mali fertig?
Schlimmer als hier hätten sie es nicht treffen können, obwohl meine Foltermethoden milde sind, im Vergleich zu ihren. Hier gibt’s kein Water Boarding und kein Totprügeln. Auch wenn’s ihre Vorstellungskraft übersteigt: keinen Sex und auch kein Frühstück für sie. Nix Bed and Breakfast.
Gute Nacht.“

Es wurde wie ein *Pas de Deux,* auf der Ballettbühne für die Beiden. Gladys und Horace wurden unzertrennlich. Horace klebte wie eine Klette. Wenn Gladys ihn abzupfte, war er 2 Stunden später wieder da. Sie fuhren mit der geräuschlosen Tram durch Nizza, Er immer einen halben Wagen entfernt. Mehr oder weniger diskrete Verfolgung gehörte zum ABC seines Berufs. Sie besuchten die unter-

schiedlichsten Museen, Jules Chéret für die Impressionisten, Marc Chagall und Henri Matisse hatten ihre eigenen Museen. In Biot war Fernand Leger. die *Ponchettes*, unten am Meer, die römischen Arenen auf dem grünen Hügel von Cimiez. das Matisse - Haus, gleich nebenan.
Sie stritten sich auf dem *Cours Saleya* in der Altstadt. Im Restaurant *Safari* musste man sie bitten, das Haus zu verlassen. Andere Gäste fühlen sich gestört. Horace versuchte, sich bei Gladys einzuschmeicheln mit einem riesigen Strauß vom Blumenmarkt. Sie holten süßes Obst am Markt von *Liberation.*
Überall gab es etwas besonderes zu sehen. Überall gab es Möglichkeiten sich zu streiten.
Versöhnung? Nein, die war nicht in Sicht.
Gladys durchbrach das unsichtbare Gefängnis.

Sie stieg in ihr Auto und fuhr zu Annabelle und Theo in die Provence.

62
HAHNENKAMPF

Das Schlösschen war in den Nachwehen. Die Eröffnung des Kultur Zentrums war ein Riesenerfolg gewesen. Jetzt mussten sich die Hausherren und ihre Mitarbeiter erholen. Schlossherr und Schlossherrin hatten 48 Stunden durchgevögelt, um die intellektuelle Spannung abzubauen.
Uff, das tat guuut.
Dann kam Alphonse, er dachte, die elektronische Sicherheit des Schlosses brauche ein Update. Gleichzeitig erinnerte er sich an die attraktive Praktikantin. Vielleicht könnte er dort anknüpfen, wo er sich das letzte Mal aus der Frau herausgezogen hatte?
Auch er trank abends ein Gläschen bei Jean Baptiste. Alphonse geriet mit Albert aneinander. Der übliche Hahnenstreit um eine schöne Frau. Einiges Mobiliar ging zu Bruch. Die Männer kämpften mit Wut im Bauch und losgebrochenen Stuhlbeinen.
Der Kampf war auf seinem Höhepunkt, da ließ Horace Jackson das Bistrot von 12 Männern seiner schnellen Eingreiftruppe stürmen. Die US-Soldaten trugen schwarze Uniformen und Helme. Sie hatten Spezial-Wärmebrillen und Infrarot Kameras. Sie

trugen Knopf im Ohr und Mikro vorm Mund. Außerdem waren sie mit schweren Waffen bewaffnet.
Das war jetzt eins zu viel.
Gladys ging dazwischen.
Zuerst trennte sie die beiden Kampfhähne mit harten Handkantenschlägen. Dann nahm sie sich, einen nach dem anderen, die Schnelle Eingreiftruppe vor. Kniestösse, Ellenbogen Kicks und Fersen Tritte, dorthin wo es weh tut. Die Männer brachen zusammen, stöhnten und versuchten ihre Weichteile zu schützen.
Dann packte Gladys Alphonse und Albert beim Genick:
„Ihr beide geht nach Hause. Ich räume das hier auf."

Igor Popov war im Helikopter eingeschwebt. Der wirbelte bei der Landung eine Menge Staub auf. Es gab ein Gerücht, dass der russische Milliardär ein Verwandter der Schlossherrn sein.

Na, dann wird er wohl für dieses Festival gespendet haben? Wie richtig die Gerüchtebrauer lagen, ahnte außer Gladys niemand.

63
WELTMETROPOLE?

Der Abend wurde zur Nacht und ein voller Erfolg. Die Bentleys parkten Stoßstange an Stoßstange mit den Rolls und den Fantasiesportwagen.
Die Meister der *École de Nice* gaben sich die Ehre. Die jetzige Generation zeigte ihre neuesten Werke. Die Geldelite wollte alles hautnah miterleben.
Die Glanzlichter aus der Vergangenheit hatten Theo und Annabelle bei den Museen und den bekannten Sammlern ausgeliehen.
Alle strahlten im Glanz dieser Kulturbombe. Die Geschichte der neueren bildenden Kunst reichte an der Côte d'Azur weit zurück ins 19. Jahrhundert, mit Paul Cezanne, Raoul Dufy, Henri Matisse, Pablo Picasso und all den anderen Klassikern.
Einen neuen Schub gabs ab der Mitte des 20, Jahrhunderts mit dem *Nouveau Réalisme* Yves Klein, nach dem das moderne Museum in Nizza benannt wurde, Arman, César, Sascha Sosno und all die anderen, die die École de Nice um die Welt trugen. Nach Martial Raisse, Fahri und Co. kamen Bernar Venet, Alocco, Dolla und Charvolen. Jeder von ihnen hatte frische Ideen in die Traditionen der Kunstwelt getragen. Und jetzt beherbergte das kleine Schlösschen in der Provence das Beste vom Besten. Ein Kunstfestival, wie man es eher in einer der Weltmetropolen erwarten würde.

Zeitungen, Zeitschriften und die großen Fernseh Anstalten hatten überschwänglich berichtet. Der Name des Schlösschens stand jetzt gleichberechtigt mit Moma, Guggenheim, Beaubourg, Tate Gallery und den anderen Dreh- und Angelpunkten, an denen die größten Namen im Kunstbetrieb gemacht werden.

Theo und Annabelle hatten es geschafft. Sie waren angekommen. Natürlich nicht allein.

Sie hatten sich ein Kuratoren Team zusammengestellt, mit Fachleuten aus Nizza und New York City. Sie mussten sogar drei Stadthäuser im Ort kaufen, um all ihre Mitarbeiter unterzubringen.

64

NEUE HARMONIE

Igor Popov hatte eine geniale Idee. Am Morgen nach der Eröffnung saß er mit Annabelle und Theo beim Kaffee, starker, schwarzer italienischer Espresso, mit viel heißer Milch, ergab einen gehaltvollen Milchkaffee:
„Toller Erfolg. Herzlichen Glückwunsch euch beiden".
Igor umarmte sowohl seine Tochter, wie auch den verdächtigen Schwiegersohn. Ein ungewohnter Gefühlsausbruch. Irgendetwas hatte Igor beeindruckt und überwältigt.
„Reitet auf dieser Welle weiter. Meinen Segen habt ihr. Vielleicht beteilige ich mich? Eure Veranstaltungen werden nach und nach ein noch größeres Publikum aus aller Welt anziehen. Ein Shuttle zwischen dem Flughafen in Nizza und eurem Schlösschen müsst ihr sowieso einrichten Wo sollen die Besucher wohnen? Hier zwischen Sand, Hitze und Staub? Ich könnte ein exklusives Hotel mit Luxusrestaurant bauen und bewirtschaften. Nebenher mache ich euer Catering."
„Tolle Idee, Papa," sagte Annabelle.
Und Theo: „Hier schließt sich ein Kreis. Wieder einmal."

Dies war nur das Embryo des gemeinsamen Projekts. Sie verfeinerten die Idee schrittweise. Igor zog seinen Lieblingsarchitekten hinzu Er bestimmte aus seinem Staff einen Projektleiter für das 5 Sterne Hotel.
Mindestens 500 komfortable Zimmer wurden geplant. 12 Luxus Suiten für den Geldadel, der eine Sonderbehandlung erwartete. Großräumiger Wellness Bereich, Pool Landschaft mit mindestens 3 Becken. Architektonisch sollte der gewaltige Brocken eine vollkommen neue Silhouette bieten und gleichzeitig an die Traditionen der Provence erinnern. Eine Mammutaufgabe, die nur mit den Milliarden Popovs zu stemmen war.
Der hoffte auf den nächsten Krieg und die Milliarden die er frisch in seine Kassen spülen würde.
Igor hatte längst mit Horace Jackson Kontakt aufgenommen. Der zündelte bereits erfolgversprechend an mehreren neuralgischen Punkten des Globus. *Immer im Interesse der westlichen Werte und der Demokratie*, versteht sich.
Dass Gladys zurück war, wurde mit ein paar ganz besondere guten Flaschen gefeiert. Albert tappte gemeinsam mit der lokalen Polizei immer noch im Dunklen. Der Mord an der Barfrau blieb ein Geheimnis. Keine Anhaltspunkte. Null Spuren. Das perfekte Verbrechen? Geplant vom perfekten Verbrecher?
Alberts Wiedersehen mit Gladys wurde ein Knaller. Sie zogen gemeinsam in ein hübsches

Stadthäuschen. Obwohl Gladys bei der Sache ein wenig mulmig war. Mit einem Mann zusammen zu ziehen, bedeutete auch, einen Teil ihrer Freiheiten aufzugeben. Wie lange konnte das gut gehen?

65

ENKEL

Das angeknackste Familienverhältnis der Popovs schien endgültig gekittet, als Annabelle Zwillinge gebar.
Opa Igor war sehr stolz auf seine Enkel. Endlich war klar, wie es mit seinem Firmenimperium weitergehen würde.
Maria und Benjamin hatten eine unbeschwerte Kindheit auf dem Weingut ihrer Eltern in der Provence. Fern vom Trubel des Großkapitals, in dem der Opa lebte. Der Swimming Pool im Garten, hinterm Haus und das nahegelegene Meer, machten gute Schwimmer und gesunde junge Leute aus ihnen. Grundschule in Frejus, später Gymnasium in Nizza. Sie waren noch klein genug, damit die Eltern und der Großvater alle Zeit hatten, zu diskutieren, ob sie lieber in der Schweiz oder in den USA studieren sollten. Der Opa hatte irgendeine, schlecht definierbare, Abneigung gegen die USA.
Naja, die Sache hatte Zeit und sollte die glückliche Kindheit der beiden nicht überschatten.
Benjamin hatte als Teenager den Sport für sich entdeckt. Er starrte täglich im Computer auf den Wetterbericht. Er wollte auf keinen Fall einen Tag Mistral verpassen. Benjamin war zum begeisterten

Windsurfer mutiert. Wenn der beißende Mistral das Meer aufpeitschte, wollte er draußen sein. Er hatte sich längst bei einem Spezialisten ein Fun-Board nach Maß bauen lassen. Der Wohlstand zu Hause erlaubte ihm, den besten Mast, die besten Segel und die besten Accessoires zu haben.

Noch stand der Spaß im Vordergrund. Irgendwann später müsste er sich, mit Hilfe seiner Eltern und des Großvaters, um seine Ausbildung kümmern.

Maria war ausgesprochen musisch veranlagt. Die Ausstellungen im elterlichen Kulturzentrum prägten sie sehr. Schon als Kind malte und zeichnete sie viel. Als Jugendliche suchte sie den Kontakt zu bedeutenden Künstlern. Die Museen zwischen Nizza und Marseille waren ihr Tummelplatz.

Würden Benjamin und Maria eines Tages das Weingut gemeinsam übernehmen oder würden sie getrennte Wege gehen?

Großvater Igor hoffte im Stillen, dass einer der beiden sich für ein Management Studium entscheiden würde. Die Zukunft würde die Antwort liefern.

66
NORMALITÄT

Albert ging morgens zur Arbeit auf die Polizeistation. Gladys war als Önologin vom Schloss übernommen worden. Außerdem wurde sie zur Verantwortlichen für die Sicherheit des Kultur Zentrums. Cheffe de Sécurité, ein Titel, der ihr Spaß machte. Intensive Arbeit. Intensive Hitze. Intensiver Sex.
Albert und Gladys waren bei der Schlägerei bei Jean Baptiste, außer ein paar blauer Flecken und Prellungen nichts geschehen. Nichts, was sie von ein paar Stunden heftigstem Sex hätte abhalten können.
Aber jetzt: stand ihnen ein spießiges Familienleben ins Haus?
Solange Gladys in das riesige Investitions Projekt Popov/Materrasso hineingezogen wurde, wars ja spannend. Gladys, als erfahrene Polizistin, sah sofort die Schwachstellen im Sicherheitskonzept. Die betrafen sowohl die architektonisch bedingten Abläufe, wie die Personalstruktur.
Plötzlich hatte Gladys 3 Arbeitgeber. Sie war immer noch Konsultant für den Polizeiapparat in Nizza und die Côte d'Azur. Sie war Sicherheitschef für das Kultur Zentrum im Schloss und sie war

Sicherheitsfachfrau für die Popov - Materrazzo Holding.
Horace Jackson hatte seinen Fokus verändert. Gladys war, nun ja, eine Polizistin. Aber sonst nix.
Der Oligarch Popov zerrte an den Zügeln der Macht. Von ihm war mehr zu erwarten. Die Erdöl Reserven in Venezuela bargen großes Potential. Geld in unglaublichen Mengen. D.h. Einflussnahme von außen, vielleicht eine Revolution, damit die Richtigen an die Macht kamen. Und wenn die Waffen schon donnerten, vielleicht ein kleiner Krieg in Südamerika. Der Kontinent war schon zu lange ruhig gewesen.
Popov konnte helfen.
Der Planungsstab für Popovs Grand Hotel war in einem kleinen Stadtpalais untergebracht, früher Rathaus. Schöner Bau aus dem 18. Jahrhundert. Geräumig mit vielen Barock Anklängen. Geschwungene Marmortreppe zur Empore und Repräsensentationsräume, in denen jetzt die Architekten ihre Zeichentische aufgestellt hatten. Das Kernstück war das 70 m2 große Büro, von dem aus Igor die Planungen leitete.

67
KUNSTRAUB

Popov hatte seine gesamte Sicherheitsmannschaft von der Villa auf dem Cap Ferrat abgezogen, um die neue Baustelle in der Provence zu schützen.
Das kam ihn teuer zu stehen.
Ein Einbruch:
Sein ganzer Stolz, der Cezanne *„Obstschale mit Äpfeln"* war aus der Halterung gerissen. Genauso der Monet *„Heuhaufen bei Sonnenuntergang"*.
Als Kollateralschaden war auch seine eiserne Reserve von 500.000 Dollar in bar aus dem Safe gestohlen worden.
Popov fluchte. Das Pech schien an ihm zu kleben, seit die Gangster die 250 Millionen von ihm erpresst hatten.
Sein erster Verdacht fiel auf Theo, den wenig geliebten Schwiegersohn.
Würde der Graben wieder aufbrechen?
So lange Zeit war alles gut gegangen. Niemand sprach mehr über die Geiselnahme. Igor Popov war ein stinkreicher russischer Geschäftsmann, der sein Geld auf nebulöse Weise „verdiente", oder floss es ihm zu?
Die Materassos waren ein Paar mit kanadischen Wurzeln, die sich von Hobby Winzern zu angesehenen Winzern hochgearbeitet hatten. Zwischen den beiden gab es keine Verbindungen,

außer einer geschäftlichen. Igor Popov hatte das Weingut, als Filiale, seinem Firmenimperium angegliedert. Die Materassos legten Wert darauf, nicht eingegliedert zu sein. Ihre Freiheit stand nicht zum Verkauf. Igor hatte das akzeptiert.

68
NEUER ZWIST

Sie waren Partner geworden, auf einer vertrauensvollen Basis. Die typische win-win Situation. Sie würden niemals „beste Freunde“ werden. Aber die gute, vertrauensvolle Partnerschaft genügte beiden Parteien.
Und diese, für alle perfekte, Lösung sollte jetzt zerplatzen wie die sprichwörtliche Seifenblase?
Oh nein, Igor war zu lange im Geschäft, um nicht zu wissen, dass Kompromisse häufig unumgänglich sind.
Er gab Theo eine „letzte“ Chance:
„wo ist mein Cezanne und mein Monet? Das Bargeld ist ersetzbar. Mit dem lasse ich Dich spielen. Aber an den beiden Bildern hängt mein Herz.“
Theo fiel aus allen Wolken:
„Verdammt nochmal, Schwiegervater! Bei dir wird eingebrochen und Du machst, automatisch, mich dafür verantwortlich?“
„Auf so eine Familie habe ich keine Lust. Ich möchte unseren Kooperations Vertrag aufheben. Mein Anwalt wird dir mitteilen, wie ich die Trennung wünsche. Und deinen Wodka darfst du in Zukunft allein trinken.
„Wenn du es nicht warst, wer soll es dann gewesen sein? Du bist doch der Ober Boss der Kriminellen in

Villefranche. Vergiss nicht die Aktion vor der Hafenmeisterei!"
„Ich vergesse gar nichts, Schwiegervater. Auch nicht, dass wir uns entschlossen hatten, an diesem Großprojekt zusammen zu arbeiten. Ich vergesse auch nicht, dass zur Zusammenarbeit ein gewisses Maß an Vertrauen gehört. Das hast du jetzt zerstört, indem du deinen Geschäftspartner des Diebstahls bezichtigst."
Theo Materasso holte tief Luft:
„Außerdem solltest du begriffen haben, dass deine Impressionisten nicht mein Ding sind. Du und deine Generation sind bis zu den Knien in der Vergangenheit verhaftet. Mich faszinieren die neuen Meister, die die frischen Ideen in die alte Kunst gebracht haben. Yves Klein, Marcel Duchamp, Arman, Tinguely, Charvolen, Dolla, mit denen kann man mich hinter dem Ofen hervorlocken. Die beiden letzten leben und arbeiten noch. Da schaue ich aufmerksam, was aus dem Atelier kommt. Staubige Impressionisten? Ja, schöne Bilder- aber dafür würde ich das Gefängnis nicht riskieren.
Popov, ich werde mit meiner Frau beraten, ob wir die Zusammenarbeit mit dir fortsetzen können. Wir reden morgen oder übermorgen weiter."
Igor Popov zog am Folgetag sein Sicherheitsteam ab und reiste zurück in die Villa auf dem Cap Ferrat. Er hinterließ eine Nachricht für Theo:

Wenn du mich sprechen möchtest, ich bin zu Hause,
Villa Sun Palace.
Igor

Theo und Annabelle beim Abendessen. Thunfisch auf Safranrisotto.
„Schade, wenn wir mit Dad brechen würden. Jetzt wo die Familie gerade wieder zusammen findet. War so schön, dass ich einen Papa zum Knuddeln hatte. Und die Enkel freuen sich an ihrem Opa- auch mit der Wodkafahne."

69
ZURÜCK

Annabelle wurde nach dem zweiten Glas sentimental.
Theo: „Dein lieber Papa beschuldigt deinen Mann des Diebstahls. Das kann ich nicht hinnehmen."
„Na gut, lass uns beweisen, dass du es nicht warst."
Annabelle, das war ihr klar, hing zwischen 2 Männern in der Luft. Ihrem Vater, dem sie ihre Existenz verdankte und ihrem Ehemann, dem sie ihre Orgasmen verdankte. Auf wessen Seite würde sie sich schlagen?
Das Paar reiste auf das Cap Ferrat zum allmächtigen Popov. Sie fuhren im Auto die herrliche Küste entlang. Zur Rechten immer das türkisfarbene Meer, mit seinen Buchten und Halbinseln. Auf den schönsten Hügeln standen wunderbare Häuser. Sie konnten sich vorstellen, wie die Aussicht von dort sein müsste.
Links war die Landschaft zuerst flach, wenig hügelig, Rebstöcke, soweit man sehen konnte. Die Herrschaftshäuser in die Landschaft gekuschelt. Größere Städte umfuhren sie. Sie kannten ihre Region gut genug, um zu wissen wo es besser war, von der Autobahn auf die Küstenstraße zu wechseln. Das geschah meist der Aussicht zuliebe. Dort, wo sich an der Küste der Verkehr staute, wegen der vielen Touristen, wechselten sie zurück

auf die Autobahn. Kurz nach Aix begleitete sie zur Linken das Massiv des *Mont Saint Victoire,* bekannt von vielen Cezanne Gemälden, Etwas später passierten sie das Esterel Gebirge, aus rotem Sandstein. Es gab immer etwas zu sehen und trotzdem hörte Annabelle nicht auf zu fragen:
„Bist du wirklich sicher, dass weder du, noch einer deiner Kumpane etwas mit dem Kunstraub in der Villa Sun Palace zu tun habt?“
„Mensch, auch beim tausensten Mal, bleibt meine Antwort gleich: ich habe null Ahnung, wer das war.“
Sie wurden herzlich empfangen auf dem Cap der wirklich Reichen und der manchmal weniger Schönen.
Das Personal des Anwesens musste erst lernen, Anastasia mit Annabelle anzureden.
Igor nahm seine Tochter und auch den verdächtigen Schwiegersohn in die Arme.
Annabelle übernahm die Eröffnung des Gesprächs:
„Lieber Papa, ich bin zutiefst betrübt über dieses blöde Missverständnis zwischen meinem Vater und meinem Mann. Ich habe hier eine Zeittafel, die dein Misstrauen, Papa, ausräumen wird.“
„Da bin ich aber gespannt. Zeittafel? Was soll das bedeuten?“
„Einfach: in der fraglichen Woche, in der bei dir eingebrochen wurde, hatten wir Weinlese. Ganz intensive Arbeitszeit auf unserem Gut. Ich kann für jede Stunde belegen, wo Theo war. Er hat nicht einmal das Anwesen verlassen.“

„Was soll das beweisen?“ Hakte Igor nach.
„Einer seiner Leute könnte mein Haus ausgeraubt haben.“

70
VERDÄCHTIGUNG

Annabelle: „Papa, du übertreibst. Deine Fantasie galoppiert mit dir davon. Wenn du schon unbedingt einen Täter erfinden willst, dann versuch's doch Mal ganz anders:"
„Da bin ich aber gespannt."
„Denk mal an deinen Freund von der CIA. Der ist mindestens ebenso verdächtig. Seine Agency hortet in unterirdischen Safe Anlagen Kunstwerke aus der ganzen Welt, um damit ihre Operationen, verdeckt oder unverdeckt, zu finanzieren. Die im Irakkrieg geraubten Artefakte aus babylonischer Zeit überschwemmen immer noch die Antiquitätenläden an der Ost- und Westküste der USA, ebenso wie die Auktionen frühgeschichtlicher Kunst.
Zwei wertvolle Impressionisten würden den Herren in Langley gut zu Gesicht stehen."
An Deiner Stelle, Papa, würde ich mal in dieser Richtung graben."
Popov gab zu: „Du bist ein guter Anwalt deines Mannes. Ich werde Nachforschungen anstellen. Wir besprechen das bei einem guten Abendessen in *La Mere Germaine.*"

Am Abend fuhren die drei mit dem Boot quer über die Bucht. Sie legten in Villefranche am Quai

Courbet an. Es funktionierte wie der Voiturier am Hotel Negresco. Ein Skipper kümmerte sich um das Boot, während Thierry, der Gastgeber, sie zu ihrem Tisch führte. Das Angebot an frischem Fisch war wieder großartig. Alles vom Fang des heutigen Tages. Zubereitet nach den traditionellen Rezepten des Hauses und angereichert mit einer Prise Modernität.
Die erstklassigen Weine halfen, die Familienbande wieder fester zu schmieden. Während Igor sich um die Rechnung kümmerte, brachte der Skipper das Boot zurück an den Quai vorm Restaurant.
Die Saat ging auf:
Igor grübelte, inwieweit die CIA in den Kunstraub verwickelt sein könnte. Unwahrscheinlich- aber nicht unmöglich.
Bei seinem nächsten Treffen mit Jackson würde er das Thema ansprechen.

Horace Jackson war zutiefst beleidigt. Die doppelte Ladung hatte ihn erschüttert. Nicht nur, dass Igor ihn selbst des Kunstraubs für fähig hielt.
Nein, er hatte noch einen draufgelegt. Seinen Arbeitgeber, die Agency der Raubzüge nach Rohstoffen in der ganzen Welt beschuldigt (Erdöl, Lithium, Uran, Seltene Erden und sogar wertvolle Kunstwerke aller Zivilisationen und aller Epochen. Wie kam der Mann zu einem so zynischen Blickwinkel?

71

AUKTION

Es dauerte 2 Jahre, dann waren die beiden Gemälde zurück, unbeschädigt. Igor hatte den Diebstahl angezeigt. So gelangten der Cezanne und der Monet auf die internationale Fahndungsliste.

Die Hehler waren so unvorsichtig, die Werke zur Versteigerung bei *Christies* in New York einzuliefern. Sie hatten sich zwar die Mühe gemacht, mit Hilfe von gefälschten Papieren eine stubenreine Provenienz zu erfinden. Die Experten im Auktionshaus ließen sich nicht täuschen. Beide Bilder wurden beschlagnahmt und kamen zu ihrem Besitzer zurück. Die Versicherung, die die Auszahlung der Versicherungssumme immer wieder hinausgezögert hatte, atmete auf.

Annabelle erlaubte sich, ihrem Vater den Kopf zu waschen:

„Papa ich liebe dich und ich verstehe dich. Aber falsche Anschuldigungen im Familienkreis sind eine Gemeinheit."

„Seinen Vater um 250 Millionen zu betrügen, ebenfalls."

Igor blieb Pragmatisch, trotz allen Ärgers, der in ihm kochte. Er durfte den Nutzen der CIA nicht unterbewerten. Horace blieb der wertvollste Partner in seinem weltweiten Puzzle. Dem Mann war eine irrationale Laus über die Leber gekrochen. Diese Laune würde verfliegen, früher oder später.
Was blieb, war Igor und Horace waren füreinander von Nutzen. Igors Milliarden plus seine Verbindungen und das, was Horace an Verbindungen und Skrupellosigkeit einbrachte, ergänzte sich perfekt.
Obwohl aus unterschiedlichen Lagern, waren sie doch natürliche Verbündete.
Konflikte und Kriege konnten beiden nur nutzen.
Mit Geld und Falschinformationen zündelten die beiden wo es nur ging.
Also lieber den Kontakt pflegen, anstatt wegen eines einmaligen Ausrutschers alles hinzu-schmeißen. Darum leerten sie die Flasche Wodka gemeinsam, schwammen einige Runden im Pool und ließen dann ein paar Mädchen von der Agentur kommen. Eine echte Männerfreundschaft, die alle Hürden überwindet.
Und trotzdem kam der Punkt in Igors Leben, an dem ihm alles zu viel wurde:

Tochter entführt.
250 Millionen an Geiselnehmer bezahlt
Tochter verschwindet mit Entführer
Gemeinsames Unternehmen mit Entführer.
Aussöhnung mit Tochter.
Diebstahl zweier wichtiger Werke aus der eigenen Villa.
Gemeinsame Projekte mit der CIA.
Null Ahnung, wem er noch vertrauen konnte.
Der lokalen Polizei? Gladys Der eigenen Tochter, dem Schwiegersohn?
Horace Jackson?
Zu viel, zu chaotisch! Womit hatte er das verdient?

72

HORRORFUND

Ein Leben lang hatte Igor Popov sich abgerackert, viel erreicht.
Und trotzdem stand er jetzt vor einem Scherbenhaufen!
Sofort nach der missglückten Geiselübergabe hatte die Polizei die verdächtige Zitadelle in Villefranche mit einem Riesen Mannschaftsaufgebot durchkämmt. Dieses Mal gings um verwertbare Spuren. Alle Mittel wurden aktiviert. Die Staffeln mit den Suchhunden, die Forensiker. Alle überschwemmten die Zitadelle Saint Elme. In Anastasias Bett wurden sowohl Hautschuppen, wie auch Härchen gefunden. Die konnten Igors Tochter zugeordnet werden. Immerhin, man hatte ihr Gefängnis lokalisiert. Im gleichen Bett war auch Gen Material einer zweiten Person. Die existierte nirgends im System. Diese Spur, so wichtig sie war, führte ins Leere.
Die Taucher fanden etwas: im Wasserbecken standen in 8 Meter Tiefe 2 männliche Leichen, in ihren festsitzenden Betonschuhen. Krabben und anderes Wasser Ungetier hatten Körper und Gesichter gewaltig angefressen. Unmöglich die Männer zu identifizieren. Falls es überhaupt Männer waren? Auch das war nicht mehr festzustellen. Einige Generationen von Krabben hatten sich gütlich

getan. Die Nasen, die Lippen und auch große Flächen der Wangen waren abgenagt. In den leeren Augenhöhlen knabberte alles Mögliche Getier. Die Gehirne der beiden war en völlig weggefressen.
Die Haut der Kadaver, so weit sie noch vorhanden war, hatte sich weiß grünlich verfärbt und war von Algen befallen. Der erste der beiden Kadaver lag fertig zum Öffnen auf seinem Metalltisch.
Ein Wunder? Der Kerl atmete noch, nach so vielen Jahren unter Wasser?
Die Bauchdecke bewegte sich.
Achtung, vielleicht schreit der um Hilfe, sagte sich Dr. Jeannau, als er das Skalpell ansetzte.
Ein mutiger Schnitt und das wilde Leben öffnete sich vor Jeannau. Die Bauchhöhle war randvoll gefüllt mit Krebsen, Krabben und anderem Getier, das die Leiche von innen auffraß. Die Weichteile waren weg. Wirbelsäule und Rippen lagen blank. Die Tiere waren überall. Sie ließen sich nicht stören, von dem plötzlichen Licht
Die Forensiker gaben auf, bevor sie begonnen hatten. Die Kadaver konnten keine brauchbaren Informationen finden.
Gladys bestand darauf, einen Blick auf die Leichen werfen zu dürfen. Sie lud zu dieser Gruselschau auch Theo und Annabelle ein. Die beiden ließen sich nichts anmerken. Lag das Verbrechen so lange zurück, dass ihr Gedächtnis es verdrängt hatte? Oder hatten diese zerstörten Überreste wirklich keine Ähnlichkeit mit Antonio und Michele

73
DAS FEST

Im Sun Palace fand eine Dinnerparty statt. Der Anschluss des Weinguts an die Popov - Holding sollte gebührend gefeiert werden.
Ein paar von Igors Freunden waren aus aller Welt eingeflogen. Reiche, mächtige Männer in allen Größen und Formen. Meist ohne die Ehefrauen. Jeder kannte Igors Großzügigkeit und hervorragende Gastfreundschaft.
Natürlich hatte er die attraktivsten Models der Côte d'Azur eingeladen. Dazu die besten aus Paris, Zürich, London und New York. Von Allem nur das Beste, war schon immer Igors Devise gewesen. Für sich selbst hatte Igor drei Schönheiten aus Nordafrika reserviert.
Die Familie, Annabelle und ihr Ehemann, waren eingeladen, standen aber nicht im Vordergrund. Die Enkel waren, unter Aufsicht einer Nanni, im Schlösschen geblieben Die Musik war, wie bei alten reichen Menschen üblich, klassisch dezent. Igor hatte 60 Kisten des besten Jahrhundertjahrgangs *Dom Perignon* beschafft. Er hatte sein Sicherheitspersonal gewaltig aufgestockt. Die Geiselnahme vor, jetzt 8 Jahren, war ihm eine Lehre gewesen.
Auch, dass die Täter niemals gefasst worden waren, ließ ihn an der universellen Gerechtigkeit zweifeln. Naja, er wusste, wie das lief. Schließlich war er

selbst ein Teil der „universellen Gerechtigkeit." Er konnte das sagen, ohne die Mundwinkel zu verziehen.

Die Meisten waren schon beim dritten oder vierten Gläschen. Plötzlich schwoll die Musik an. Auf ihrem Höhepunkt, beim Paukenschlag, flog die Flügeltür auf. Ein Auftritt wie im Kino:
Schwarzer Smoking, weißes Hemd, schwarze Fliege und Pistole in der Hand, senkrecht nach oben:
„Jackson,- Horace Jackson."
„Sie sind verhaftet, im Namen von Präsident Joe Biden:
Igor Popov,
Annabelle und Theo Materasso,
Louis Renaud, Gladys, Albert,
Und da wir schon dabei sind, nehmen wir den Herrn Bürgermeister auch gleich mit."
Türen wurden aufgestoßen. Fenster zersplitterten. 2 Dutzend CIA Männer umzingelten den Festsaal. Schwarze Uniformen. Schwarze Helme. Nachtsicht Geräte. Schwere Waffen. So wie die Ukraine sie sich wünscht.
Louis Renaud platzte der Kragen:
„Sie aufgeblasener Superheld.
Ich Renaud,- Louis Renaud sage ihnen:
SIE HABEN NULL BEFUGNISSE HIER.
Ja, es gibt Länder, die lassen sich von ihnen tyrannisieren. Wir gehören nicht dazu."

Zu den Soldaten, er winkte mit seiner Waffe: „Raus hier. (Bedrohlich leise). Das wirkte.
Gladys half Louis Horace Handschellen anzulegen.
Louis Renaud stieg auf einen Stuhl:
Meine Damen und Herren. Das Spektakel ist beendet. Es gibt nichts zu sehen. Bitte feiern sie weiter.
Popovs Motorboot war ständig vollgetankt.
Sie fuhren mit geringer Geschwindigkeit quer über die Bucht in Richtung Villefranche. 150 Meter vom Ufer entfernt drosselte Igor den Motor. Dann tuckerten sie langsam, laaangsam unter dem Torbogen in die Zitadelle.
Louis Renaud war immer noch stinksauer. Ohne Rücksichtnahme warf er Horace auf den Quai. Der bekam Anastasias altes Gefängnis. Louis kettete ihn mit Handschellen an ein Leitungsrohr.
Horace:
„Ich verlange ein Telefongespräch mit meinem Botschafter oder, zumindest, mit dem Konsul der USA."
„Ja, verlang nur, stelle Bedingungen, so viele du willst. Das interessiert hier niemanden. Sei glücklich, dass du noch am Leben bist."
Irgendjemand hatte eine Flasche Champagner mitgebracht und ein paar Pappbecher. Der Korken knallte, alle zuckten zusammen. Ein Schuss? Wird es ernst? Der Korken ploppte ins Wasser
„Prost Leute. Kein Schluck für den Ami. Aber wir feiern unseren Fang."

Annabelle und Theo stießen mit glänzenden Augen an. Erinnerungen stiegen in ihnen hoch. Die ersten Zärtlichkeiten, der erste Sex. Das war hier in diesem alten Gemäuer gewesen. Ein Hauch von Räuber - Romantik, gute Erinnerungen, die ihnen jetzt ihre bürgerliche Existenz versüßten.
Gladys hatte die beiden aus den Augenwinkeln beobachtet. Sie erriet weshalb die beiden emotional waren.
Gladys war zutiefst frustriert.
Gerade jetzt, wo der ganze Zirkus an seinen Ursprung zurückgekehrt war, wurde ihr das Ausmaß ihres Scheiterns voll bewusst.
Sie öffnete die Handschellen des Horace Jackson.
„Der ist zwar ein Depp, aber nicht der Schuldige. Soll er sich von seiner Kavallerie nach Hause bringen lassen."
Gladys trat ganz nah an Theo Materasso heran. Sie legte ihm einen Arm um die Schulter:
„Louis, wir werden uns einen Haftbefehl für diesen Mann beschaffen müssen."

74

EPILOG

Gladys scheiterte. Es kam nicht zur Anklage. Die Opfer, Anastasia, die Geisel und Igor, der Erpresste, erstatteten keine Anzeige. 250 Millionen erpresstes Geld gab es ebenfalls nicht.
Die Kanadier hatten sich aus eigener Kraft von schlichten Hobbywinzern zu erfolgreichen Weingut Besitzern hochgearbeitet.
Gute Arbeit muss sich lohnen!

ENDE

AUTORENPORTRAIT

Ich habe zu selten DANKE gesagt.

Obwohl ich ein langes, sehr buntes Leben führe, das mich um die halbe Welt gebracht hat. Dabei stolperte ich in die aufregendsten Berufe und fiel wunderbaren Frauen in die Arme.

Besser hätte es nicht kommen können.

Allerhöchste Zeit, danke zu sagen. Wem?

Ich glaube nicht an Gott, an keine höhere Macht, auch an keine Vorsehung, die mein Schicksal gesteuert hätte. Es gibt nur eine Kette von irrationalen Zufällen. Ich habe sie angenommen und etwas daraus gemacht. Und doch gibt es da einen, der alles angestoßen hat und dem ich danken muss: meinem *Religionslehrer im Gymnasium.* Ich erinnere mich nicht an seinen Namen.

Er war ein stämmiger, kleiner Mann in einem etwas zu engen dunklen Anzug mit Nadelstreifen. Er bewegte sich, vorn vor der Tafel, mit leicht abgespreizten Armen, wie ein Muskelprotz. John

Wayne, wenn er im Gegenlicht in den Sonnenuntergang spazierte.
Ich ging in München ins Gymnasium. Ich war 16 Jahre alt. Die mittlere Reife stand kurz bevor, so hieß das damals. Ich war kein guter Schüler und kein schlechter. Durchschnitt. Einer, der mit etwas Glück durch jede Versetzung rutschte.
Außerhalb der Schule war ich sportlich. Ich spielte Eishockey und Tennis. Ich hatte schnelle, automatisierte Reaktionen.

Mitten in der Religionsstunde, rief mich der Lehrer, im engen Anzug, zu sich nach vorn an die Tafel. Als ich vor ihm stand, holte er aus und knallte er mir eine aus heiterem Himmel, ohne ein Wort zu sagen. Mir schien das Trommelfell zu platzen. Ich war entsetzt ob dieser Ungerechtigkeit.
Meine Reaktion kam sofort und automatisiert: ich holte weit aus und verpasste ihm schnell nacheinander eine wuchtige Vorhand und eine ebenso rasante Rückhand. Ich hatte mir Kraft und Wucht aus den Knien geholt. Der Kopf des Lehrers schleuderte einmal nach rechts und einmal nach links.
Ich ging zurück an meinen Platz, nahm meine Schulbücher. Ich ging nach Hause. Zu Hause sagte ich meiner Mutter:
„Heute war mein letzter Schultag. Ich kann da nicht wieder hingehen."
„Weißt Du wie es weitergehen soll?"

Ich antwortete: „Ja."
„Dann ist alles in Ordnung. Ich melde dich morgen ab."
Was für ein Glück, dass ich eine so coole Mutter hatte. Lange bevor dieses Wort eingedeutscht wurde.
Ich bekam eine Lehrstelle im grafischen Gewerbe bei einem großen Münchner Verlag. Genau der richtige Beruf für einen etwas Aufmüpfigen! Der Beruf öffnete mir später alle Türen. Ich wurde sehr gründlich ausgebildet.
Mein Beruf brachte mich, nach beendeter Lehrzeit, zuerst in eine gut bezahlte Stellung. Dann, auf Umwegen, nach Tunis, wo ich mich, mit einem einheimischen Partner, zum ersten Mal selbstständig machen konnte. Ich war ein bisschen in Rom, in Paris und in Mailand, wo wir Zulieferer hatten. Die Firma in Tunis florierte. Aber sie wurde zur Routine. Ich brauchte eine neue Herausforderung. Von Tunis ging ich nach Nizza, wegen der besonderen Lebensweise. Ich kannte niemanden dort und hatte keinen Plan. Wusste aber, dass ich meinen Weg machen würde. Ich gründete meine erste Kunstgalerie, die florierte und wurde zur Routine. Ich brauchte eine neue Herausforderung. So ging ich von der Côte d'Azur nach New York City, wegen der Energie.
Meine Berufe entwickelten sich von selbst und wechselten in rasantem Rhythmus. Sie waren bunt und blieben spannend wie meine Beziehungen.

Mein Leben wurde abwechslungsreich, weil ich auf jeden vorbeifahrenden Zug aufsprang.

Wäre mein Religionslehrer mit seiner klatschenden Ohrfeige nicht gewesen, wer weiß, vielleicht hätte ich etwas Nützliches studiert? Ich wäre dann ein ordentlicher Beamter, Notar oder gar Lehrer geworden? Ich hätte mein Leben in einer Stadt verbracht in den immer gleichen Läden eingekauft, im immer gleichen Kino den gleichen Film gesehen? Einmal pro Woche, immer im Dunklen, die gleiche Frau gevögelt? Aber nein, so lebte ich in Karthago bei Tunis, im wunderschönen Nizza und in der Stadt, die niemals schläft, New York City. War nebenher mehrere Monate in Paris, in Rom, Mailand, Boston, L. A. und Miami. Habe Erfolge erlebt und Abstürze. Bin von starken Frauen wieder aufgerichtet worden oder noch tiefer in den Abgrund gestürzt worden. Einige meiner Berufe zähle ich gern auf.
Ich war Cartoonist, habe ca. 20.000 Karikaturen in internationalen Zeitschriften und Zeitungen veröffentlicht. War Werbefotograf, Werbegrafiker, Artdirector, Druckerei- und Verlagsleiter. Die längste Zeit führte ich meine eigene Kunstgalerie. Zuerst in Nizza, dann in New York City und danach in Köln. Einen massiven Schlaganfall gab es auch. Der hat mich für ein paar Jahre aus der Bahn geworfen.

Jetzt lebe ich in Köln als freier Schriftsteller.

Ich besitze einen ungeheuren Fundus an Erlebnissen und Erfahrungen, aus fremden Ländern. Skurrile Situationen, spannende, herausragende Menschen. Aus diesem Schatz kann ich noch viele Romane schöpfen.
Wem habe ich das zu verdanken?
Meinem Religionslehrer in München-Pasing. **Danke.**

DANKSAGUNG

Die Inspiration zu dieser Geschichte kam vor Allem von dem Traumhaus und der wundervollen Bucht von *Villefranche sur mer.* Und natürlich von den großartigen Gastgebern bei jedem meiner Besuche an der *Côte d'Azur.* Ihnen allen meinen herzlichen Dank.

Während der Arbeit an diesem Buch hat mir meine kluge Muse Ingrid R. über die Schulter geschaut und mich auf den richtigen Weg zurückgebracht, wenn ich mich verirrt hatte. Es gab einen Punkt, an dem es nicht weiterging. Sie hat mir den entscheidenden Anstoß gegeben.

Herzlichen Dank Ingrid.

HAFTUNGSAUSSCHLUSS

Die Handlung und sämtliche handelnden Personen in dieser Geschichte sind völlig frei erfunden. Sollte es trotzdem Ähnlichkeiten mit lebenden oder kürzlich verstorbenen Personen geben, so müssen diese rein zufällig sein.